夜不語

詭秘檔案706

Dark Fantasy File

罪惡郵輪

夜不語 著 Kanariya 繪

CONTENTS

造「十不善業」重罪者、意志薄弱者，當受無間斷苦，終至墮入阿鼻地獄。

楔子之一

愛一個人就要愛她的全部，包括智商這種從髮色就能看出來的東西。

不錯！吳鈞的女友就是這麼一個能從髮色上看出智商的女孩。例如前天早晨，他的妹子自己偷溜去把原本黑色的長髮染成金色，第二天一早，在吳鈞的枕頭上發現了一根金色髮絲，開始一哭再哭的控訴他出軌。

直到吳鈞拿鏡子往自己妹子的臉上一照……

又例如，他的妹子昨天早晨居然被一隻鴨子襲擊了。你沒聽錯，真的是一隻鴨子，不是鵝。不如說自己妹子的攻擊力還不如鵝呢。就因為這件事，妹子哭哭啼啼地不上班了，撲在他懷裡尋求安慰。

「我說啊，人家是不是記錯了，我在食物鏈上的地位應該比鴨子要高點吧？對吧，對吧？」一整個早晨，妹子都賴在他身上，淚眼矇矓地要求證明食物鏈上人類的位置。

吳鈞只能在心裡默默發笑！

對自己這個智商明顯有點缺憾，像是在娘胎裡腦袋中過一箭的女友而言。吳鈞，就是她的全部。

吳鈞，也是如此認為的。

他的妹子秀逗！他的妹子無腦！他的妹子經常因為缺乏常識而對他的智力進行暴擊傷害……

可他不是單身漢，每當國曆的二月十四日和農曆的七夕，自己的優越感就益發滋長。畢竟，自己有一個死心塌地愛著自己，而且漂亮得令人羨慕的妹子。

一個莫名其妙，就是很愛，很愛，很愛他。他也愛著，愛得很深的妹子。他甚至想都不敢想，沒有妹子後，自己的人生究竟會變得多糟。

至少，就在昨天，他還如此內心充滿愛意的快樂生活著。

對的，直到昨天……

昨天晚上，一切，都變了！

吳鈞還清清楚楚的記得，屋外的陽光一如既往的在挨著地平線的地方消失殆盡，毫無異常。那天的空氣很不錯，樓下偶爾還會傳來鄰居炒回鍋肉的氣味。他和自己的妹子搜刮了冰箱裡的剩菜剩飯，煮了一碗香噴噴的麵。

簡單地吃了晚飯，打開電視，找了一部電影後，樂孜孜地捂著肚子，兩人裹著小毯子，愜意的擁擠在小沙發上。

吳鈞和他的妹子，自從相遇後就形影相依，猶如青羊宮門口的那兩隻石羊一樣，恨不得一千年、一萬年都不分離。

吳鈞摸著妹子的長髮，感受著她的體香。但似乎因為電影太枯燥，他覺得自己有些睏了，便伸了個懶腰，抱著自己妹子柔軟的身體睡去。

也不知睡了多久，或許是一個鐘頭，又或許只是一秒。突然，他感覺懷裡一空。

他整個人從心底深處湧上一股孤獨的刺骨痛楚。

吳鈞立刻醒了過來，他發現剛剛還在懷中的香軟妹子，已經不見了。

妹子離開了沙發，安安靜靜的站在電視前。

房間中黑漆漆的，明明燈是亮著的，可不知為何節能燈的光卻被壓抑到極點，暗淡得猶如快要被一隻可怕的大手掐滅的火苗。

在昏暗的房間中，仍舊明亮的電視光，顯得無比刺眼。

背對著他的妹子，迎著電視的強烈白光，就那麼呆愣愣的站在原地，一動也不動。

吳鈞全身發冷，他揉了揉還沒有睡醒的惺忪雙眼，一股潮濕陰森的氣息在房間中流動，似乎每一顆空氣微粒裡，都散發著邪惡。

電視的光，越來越亮。

對面妹子的身體，在亮光中，顯得無比灰暗。如同，一個漸漸變淡的影子！

「妳怎麼了？」吳鈞心臟壓抑得難受，像有鉛塊壓在身體上，很艱難才能挪動一下。哪怕是只發出了四個字，也令他氣喘吁吁。

該死，這怎麼回事？

妹子仍舊待在離電腦只有幾公分的地方，她高挺的鼻子，幾乎都挨著電視螢幕了。

聽到吳鈞的聲音，女孩的身體微微一頓，她吃力的轉過腦袋，對男友微微一笑：「時間到了。」

吳鈞沒聽明白，「時間到了？什麼時間到了？」

「宇，在你身邊，我很開心。但是時間到了，真的到了。我也該走了。」妹子背著光，看不清楚臉。但是對朝夕相處的吳鈞而言，仍舊能聽出自己妹子語氣裡的絕望。

「這是什麼意思！妳要去哪？」一股不祥的預感，令吳鈞痛徹心腑，他掙扎著莫名其妙比平時重了幾倍的身體，拚命的想要衝過去，拽住自己的妹子。

「我要去的地方，你不能去。宇，不要來找我……」妹子柔柔的聲音中，滿是不捨。

「笨蛋，我怎麼可能不找妳。妳去哪，我就去哪。哪怕是跳進地獄！」吳鈞已經往前走了好幾步，近了，很近了，再走兩步，就能碰到他的妹子。

妹子的陰影在搖頭，「你不可能找到我的。乖，忘了我，重新再找個好女孩吧。」

「我怎麼可能不去找妳，怎麼可能！」吳鈞也在搖頭，他加快了速度。

周圍的壓力在速度的作用下，更加強大了。大到幾乎要將他的身體壓塌，他感覺自己的細胞在崩潰。可是吳鈞根本顧不上身體的疼痛，他拚命地讓自己快一點，更快一點。

現在自己房間中詭異的現象，令他極為不安。妹子，到底怎麼了？她在說什麼？她要去哪？

不過無所謂了，很近了。真的很近了。只有三公分，只要把手再往前伸哪怕一點點，哪怕一片指甲的長度。自己，就能抓住自己的妹子。

可是，那麼一丁點指甲的長度，卻是咫尺天涯。

妹子，走入了，電視的，亮光中。

她，就那麼走入電視螢幕裡，像是一張貼在螢幕上的紙片。臨去前，還回過頭看了吳鈞一眼。之後，人間蒸發，再無痕跡。妹子殘留在這個世界上的最後一秒，無聲哭著，流下來了，一滴眼淚。

猛地向前撲出去的吳鈞整個人都硬生生地摔在地上，他無法置信地看著近在咫尺的妹子消失，看著只需要再靠近一點，就能拽住的妹子走入了電視中。

他呆在原地，好久。

就在妹子走入電視的瞬間，屋子中的壓力正常了，燈也恢復原本的亮度。明亮的屋子中，只剩下吳鈞孤零零的倒在地板上發疼。

還有他額頭邊地板上，那滴摔得粉碎，漸漸乾枯的，淚！

吳鈞瘋了，他歇斯底里地跑到電視前，不斷地拍打乾乾淨淨的電視螢幕。之前原本空白充滿了宇宙背景噪音的畫面，已經恢復成電影的場景。

從他睡著，到妹子消失，感覺似乎過了半個小時。可電影不過才過了幾秒而已。

他關掉電影，瞪著眼睛仔細瞅，仍舊無法在螢幕裡找到妹子的哪怕一絲倩影。無蹤無跡，甚至無跡可尋。

妹子到哪裡去了？一個活生生的人，怎麼可能走進電視，而且說消失就消失？吳鈞瞪著充滿血絲的眼球，他無法想像，他實在無法想像，代表著自己人生全部的妹子，如果真的不見了，他剩下的時間，要怎麼活。

他發瘋地打了報警電話，聽到有人失蹤的員警連忙趕過來，本來還客客氣氣充滿同情和安慰的語氣，隨著他的講述，也開始逐漸變了味道。

「你是說，你的女朋友走進了電視裡？」其中一個員警皺了皺眉，有些費解的加重了語氣，「你確定？活人怎麼可能走進電視裡，而且你的電視也沒壞嘛。」

另一個老員警也覺得不太對勁了，他看吳鈞的眼神像是在看一個神經病。老員警示意同僚繼續做筆錄，自己打開房門走了出去。

「真的走進電視，然後不見了！」吳鈞焦急地大喊大叫，「警察大哥，你可要幫幫我。我女朋友柔弱得很，而且經常少根筋。誰知道她一個人待在電視裡會做出什麼烏龍事。而且，電視裡電路那麼多，萬一她碰到了電線被交流電燒到了怎麼辦！」

「你他媽的逗我啊。」員警用筆撓了撓耳朵，不知道這筆錄該怎麼繼續寫了。

惶恐不安的吳鈞已經失去了理智，他一個勁兒地絮絮叨叨，還要員警派國家神秘的特種部隊進電視裡解救自己的女友。

員警只剩下苦笑，我靠，這神經病美國電影看多了，還真以為國內也有科幻影集裡的神盾特工局咧。

沒多久後，剛剛出門不知道幹嘛的老員警也進來了。他一眨不眨地盯著吳鈞看，看得吳鈞直發毛。

「看什麼？你們作為人民的公僕，現在不去找我女友，還扯瞎的瞪著我。快去找你們上級，把能解決問題的人找過來！」吳鈞惱道。

老警察乾笑了幾聲，掏出記事本看了幾眼：「吳鈞先生是吧。我剛剛調查了一下，你現年二十四歲，高中畢業後沒再繼續讀書，也沒有工作，也就是俗稱的啃老族。三年前你的父母因為意外過世，留給了你這間三房兩廳的房子。你只留下了主臥自己居住，其餘的房間都出租出去。就靠著租金過活。嘖嘖。」

老警察彈了兩下舌頭，「話說你這種徹徹底底的家裡蹲，是怎麼找到女友的？」

「你管我！」吳鈞哼了一聲。

「這是吳先生你的私事，我們警方確實管不了。但是假報案，戲弄警方，可是觸犯刑法。我可以拘留你，關你十五天的。」老警察不耐煩了。他覺得眼前不務正業的年輕人就是神經病。

「我哪裡報假案了，我的女友明明失蹤了！」吳鈞急起來。

老警察冷哼一聲：「那麼我問你，你的女友叫什麼名字？」

「她叫，她叫……」吳鈞張開嘴，可是明明就在喉嚨口的名字，他無論如何都吐不出來。彷彿喉嚨外有某種濾網，讓他無法發出妹子的名字的音調。

甚至，他居然忘記妹子的名字！

不！不能忘記！唯獨她的名字，死都不能忘掉！

吳鈞咬著牙，倔強的瞪大了眼。

「哼，說不出來了吧。」老警察將自己的記事本放在桌子上，「我找你的房客問了，他們都說你，壓根兒就沒有什麼女朋友。」

「我沒有女朋友？」吳鈞呆住了，繼而大笑：「太可笑了，我的妹子一直都跟我在一起，好幾年了。我倆形影不離，房客都看過，甚至好幾次妹子做了飯還請他們吃過。他們怎麼能空口白話的說我沒女友！」

「冷靜一點。那些房客沒理由說謊，對吧？」老警察讓做筆錄的警察收拾東西走人：「我看你人年紀輕輕的，趁早找個工作做吧。人無聊，孤獨久了，就會出現幻覺。房客們也說你足不出戶，經常十天半個月沒見你跨出過房門。」

兩個員警離開了，只留下門口老警察，他感慨道：「現在的年輕人，我真是搞不懂。素素氣氣[1]的小夥子，偏偏要當家裡蹲。現在好了吧，蹲得精神都出問題，有了錯覺，真以為自己有女友咯……」

吳鈞傻愣愣的呆坐在地板上，冰冷的地板散發著一股刺骨的寒意。但是他內心更加冰冷。他因為老員警的話而困惑起來。

自己沒有女友？自己的妹子，是自己幻想出來的？

真的嗎？難道他真的因為孤獨，得了妄想症？

吳鈞拚命地搖頭！不對，自己是真的有女友。就在半個小時前，女友還躺在自己的懷裡。哪怕現在自己說不出女友的名字，甚至想不起女友的姓。但是她真的存在，自己真的不是只剩妄想的單身漢。

吳鈞踏出了自己的房間，他讓那台電視持續開著，絕對不關電視機。他覺得說不定某一天，女友想他了，就從電視裡走出來。他開始收集起一切關於女友存在的線索，甚至是世界各地走入電視機後消失的案例。

可是隨著時間的推移，一天又一天，他開始懷疑起來。

自己，真的有女友嗎？

自己的妹子，真的存在嗎？

說不定，那就只是自己的幻覺而已。

一個月過去了，吳鈞回到家，疲倦不堪。他看著電視空白的、只剩電子噪音的螢幕。搖了搖腦袋，想要關掉電視，結束一切。

就在他走過去準備按下電視開關的一瞬間，手機響了。

1 地方話，代表模樣還算不錯的人。

吳鈞低下頭習慣性地掏出手機看了一眼。是一則簡訊，一則沒有發件人的簡訊。

簡訊上的消息令他猛地一怔，之後吳鈞瘋了般，朝樓下的房屋仲介跑去。

那簡短的簡訊只有莫名其妙的幾行字：

想找到你的女友嗎？放心，她確實是存在的。想找到她，務必在七天後的凌晨零點整，踏上，東方郵輪號！

楔子之二

趙光看著夕陽灑下的紅色餘暉，興奮的掏出手機，撥通了好友胡林的電話：「喂，我老爸老媽去旅行了，週末要不要到我家玩？我們可以通宵打電動，隨便吃垃圾零食，想怎麼胡鬧都行！」

「我OK，不過只有兩個人會不會無聊了一些？」胡林遲疑道。

「怎麼可能只有兩個人！」趙光嘿嘿笑了幾聲：「我還叫了周翔和廣宇。」

「行，等一下我就跟老媽說一聲。六點半準時帶電腦過去，你準備好東西，晚飯就你家吃了。」胡林也興奮了。

大家都高二了，肩上扛著將要踏入高三的壓力，今後想要找到和朋友通宵胡鬧的機會恐怕越來越難。說不定這次是最後的瀟灑！

同樣的電話，趙光也打給周翔與廣宇。然後，他坐在空蕩蕩的客廳中，看著殘陽的最後一絲光芒透過落地窗射在深色地板上，想了想，乾脆叫了四份外賣。

六點半，胡林準時來了。他肩膀上掛著電腦包，進門後一邊換拖鞋，一邊嘖嘖稱奇：「老光，我還是第一次來你家。沒想到你平時不聲不響的，家居然這麼大。你個有錢人！」

趙光的家確實不小，七十幾坪，五房三衛。

「小翔和小廣還沒來？」胡林一屁股坐在真皮沙發上。

「快了，剛才打電話說已經到社區門口。」趙光的話音剛落下，門鈴就響了起來。電子貓眼的螢幕上出現兩個一高一低的身影：「你看，說曹操曹操就到。」

他快步走過去開門，周翔輕輕給了他一拳頭：「你小子還算有良心，知道邀請我。我還以為你因為那件事嘔氣了呢。」

「怎麼可能，我們永遠都是朋友。」趙光拍了拍他的肩膀：「進來吧。小廣，也歡迎你。我試著邀請了一下，沒想到你居然答應了，真是令我受寵若驚。」

廣宇靦腆的笑著，沒開口，只是低頭，害羞得像個女孩子。

「吃晚飯囉，都快過來。」胡林老實不客氣地拍拍手，主人似的解開外賣的袋子：「哇，很豐盛嘛。」

「我還準備了很多零食和飲料，完全可以昏天暗地的玩上兩天兩夜。」趙光得意道。

「那還等什麼，快吃完趕緊開始戰鬥。」胡林迫不及待地將外賣扒入嘴裡。

周翔和廣宇露出好笑的表情，圍坐著餐桌，也將自己的那一份端了過來。晚飯迅速搞定後，趙光帶著三人來到自己的房間。

「哇，你的臥室大到不可思議。居然有七、八坪大！」毫無意外的，胡林再次驚嘆。他用胳膊肘捅了捅趙光，滿臉憤慨：「你個有錢人，上次要你請客，居然不肯。太讓人瞧不起了！」

趙光乾笑兩聲：「我這次不是主動請客了嘛。」

廣宇依舊靦腆的坐到了就近的沙發上，周翔開始掃視趙光的書櫃：「你小子竟然珍藏了那麼多絕版漫畫，不行，這些統統都得借給我。」

「你看上哪本，直接拿走就行了。」趙光豪爽地揮手道。

周翔反倒有些不好意思了，他撓了撓頭，遲疑道：「小光，你今天怎麼了？變得那麼大方。」

「我哪天不耿直了？」趙光挺著沒有肌肉的胸脯，高傲地仰起頭。

不愛說話的廣宇「噗哧」一聲笑了起來。

「好啦，都過來玩遊戲吧。」胡林已經找了個舒服的位置，打開電腦連上WiFi，準備上線。

「行，大家各就各位。」周翔坐到廣宇身旁，四個人開機後登入遊戲，開始酣戰。

這一打時間就到了凌晨四點半。

時間一分一秒過去，他們玩得很盡興，絲毫沒有意識到某種詭異冰冷的氣息不知何時早已經瀰漫在周圍。偌大的房間除卻四人暢快淋漓的呼聲以及鍵盤滑鼠的聲音外，就只剩下如死的寂靜。

寂靜流淌在房間外的每一寸地面，每一尺空氣中，壓抑得令人難以呼吸。

不過沒有人在意，也沒有人注意。這時，周翔突然尿急，挪開電腦問趙光：「小光，廁所在哪？」

「出門後的右邊。」趙光頭也不抬的緊盯著螢幕。

周翔快步來到門口，伸手拉開房門。頓時，他整個人如同被電擊似的呆住，好半天後，他才遲疑的揉了揉眼睛，將伸出去一半的腳又收了回來。

然後，從喉嚨裡爆發出的慘叫聲響徹了整個房間……

第一章 詭異乘客

「搭乘東方郵輪號的乘客請注意，搭乘東方郵輪號的乘客請注意。本次郵輪將於半個小時後的零點零時駛離火城碼頭。請搭乘的乘客，從碼頭的二號通道，進入等候室。謝謝。」

一個略顯甜美的聲音在廣播中不停地重複著以上的話。

午夜的火城，哪怕是九月了，一樣的溫度火熱。炎熱的空氣哽在肺部，令人連說話都感到難受。在想像中本應該涼風習習的長江岸邊，卻因為高溫潮濕的緣由，顯得更加的氣候惡劣。

聽到廣播後，等候的人群開始動起來。

在二號通道前不遠處，一個穿著白色休閒服的男子帶著一個漂亮的小蘿莉，手裡拉著兩個巨大的行李箱，身上揹著沉重的行李，急急忙忙地從碼頭外跑過來。

好吧，那個穿著白色休閒服的傢伙就是我。狼狽的我。

小蘿莉妞妞一身輕鬆，樂呵呵地正一邊舔雪糕，一邊對我說：「夜不語哥哥，夜不語哥哥。我唱首歌給你聽吧。」

「什麼歌？」我一頭黑線的沒理她。這小蘿莉最近唱給我聽的歌，沒有一首正常的。

「我就唱老虎的歌，很好聽哦。」妞妞將最後一口雪糕吃掉，萌萌的一邊舔手指，一邊唱道：「兩隻老虎，兩隻老虎。談戀愛，談戀愛。兩隻都是公的，兩隻都是公的。真變態，真變態！耶！」

……我額頭上的黑線又粗壯了些許，腦袋上甚至還飛出了幾隻往地上亂拉屎的烏鴉。該死，果然又是可以將正常人掰彎的歌。

原本可可愛愛的正常小蘿莉，只是被我帶到老男人楊俊飛的偵探社總部訓練了一下罷了，怎麼腦袋就開始腐向了！

該死！絕對是應該凌遲處死的萬年老處女林芷顏調教的。

我毫不猶豫地將令妞妞墮落的罪狀壓在老女人身上。

「哥哥我們要去哪裡啊？火城的麻辣燙好吃，我還沒有吃夠呢。難得你帶妞妞出來一趟，妞妞特別整理了攻略呢。你看，你看，火城在碼頭附近還有一家很出名的火鍋。我們要不要去吃吃看？去吧，好不好，去吧，去吧！」妞妞像麻雀一般，舔完手指之後，又從自己的小包包裡掏出手機，想要翻出美食截圖讓我看。

混亂嘈雜的碼頭，她一連串連珠炮似的話，弄得我最近本來就有些亂糟糟的腦袋，更加混亂。

「好啦好啦，等我們回來再吃。以後有的是機會。」我敷衍地轉移了話題：「話說妞妞，妳帶的都是些什麼啊。怎麼那麼重？」

我的行李只有一個小包，很輕。剩下幾乎已經算是超重的兩件大型手提箱以及自己背上的登山包中的東西，全都是這小蘿莉的。話說一個六歲多的小屁孩，怎麼會有這麼多東西要帶？

「女生的行李都是秘密，嘻嘻，才不告訴夜不語哥哥你。」妞妞吐舌頭賣萌，不過臉色卻有些狡猾。她見我提到了行李的事，居然也學我轉移起話題來：「我這行李才不叫多咧，你看，你看那邊！」

她左顧右盼後，竟然真的找出了一個行李比自己還多的傢伙。指著他，興奮地大聲喊道：「那位一看就是家裡蹲的廢柴大叔的東西，可比妞妞多多了！」

「沒禮貌，怎麼能叫人家廢柴大叔……」我轉動暈沉沉的腦袋下意識望過去，頓時，說出嘴的話折斷在半空中。

我靠！那個一看就是家裡蹲的Madao[2]正拖著一口碩大無比，不用看都覺得很沉重的，至少有一百多公斤的大箱子吃力地穿梭在人群中。他看起來似乎只有二十多歲，可是身體明顯因為缺少運動而虛弱肥胖。

---

[2] 日本動漫《銀魂》中引申出來的人物，意思是簡直是沒有一點用處的大叔。

在火城煮青蛙似的濕熱空氣中，他拖著這口大箱子，顯得力不從心。但是不知箱子裡究竟裝著啥寶貝，Madao 男拖得小心翼翼，哪怕箱子有一些小的碰撞和顛簸，都會引起他的恐懼。

彷彿箱子，就是他的命根。

「真是個奇怪的廢柴大叔。」妞妞用手指戳在紅潤的嘴唇邊，評價道。

Madao 男明顯聽到了，他轉過身惡狠狠地瞪了小蘿莉一眼。小蘿莉從來都是個狠角色，也瞪了回去。

四目相瞪，在空中摩擦，激發出火花。Madao 果然不愧是 Madao，他一個大了妞妞快二十歲的男性，居然被小蘿莉瞪得害怕、先退縮了。他訕訕地往地上吐了口唾沫洩憤後，繼續拖著自己的箱子走。

「廢柴大叔怕了。」妞妞得意地挑著眉，對著 Madao 男吐舌頭。之後對我說：「夜不語哥哥，你說廢柴大叔的箱子裡會裝什麼？既然那麼寶貝，不會是他的女朋友之類的吧。」

我不由得笑起來，「女朋友怎麼可能裝箱子裡，如果想要逃票的話，也不划算吧。那麼沉重的箱子，托運費可不便宜。」

「這你可就不明白了，林芷顏姐姐就說過。這種廢柴大叔的女朋友都是有規格的，不但能滿足日常生活，坐船的時候還能救命。」妞妞嘿嘿了兩聲。

我被她說糊塗了，「為什麼？」

「因為，可以充氣嘛！」小蘿莉一副天真無邪地說出了勁爆的答案。

好吧，好吧，我天真了。我純潔了。老子回去第一件事，就是把老女人林芷顏拖去活埋。

東方郵輪號周圍的空氣因為人太多，而顯得污濁不堪。我拉著妞妞不停地往休息室擠去，弄得滿身大汗。

照例來個自我介紹吧。我叫夜不語，一個有著奇怪名字，老是會遭遇奇詭事件的憂鬱少年。二十二歲，未婚。本職是研習博物學的大學生，實則經常曠課，替一家總部位於加拿大某個小城市，老闆叫楊俊飛的偵探社打工。

這家偵探社以某種我到現在還不太清楚的宗旨和企業文化構成，四處收集著擁有超自然力量的物品。

妞妞是前段時間被我拐回來的故人外甥女，別看這古靈精只有六歲，可她卻有著超自然的智商以及極高的駭客技術。對電腦不太搞得定的我而言，只要一遇到跟高科技相關的事件，就一定會把她帶在身邊。

只是這次帶妞妞一起踏上東方郵輪號，卻並不是需要科技型的人才，而是另一件困擾我，甚至令我幾乎快崩潰的怪事。

那件怪事一天不解決，我就一天坐立不安。

長話短說，自從那個叫做M的神秘人，讓我一定要在今天踏上東方郵輪號後，自己就開始小心起來。

我不想談什麼陰謀論，可事實證明，似乎真的有一股潛伏的暗流圍繞在我身邊。守護女李夢月讓我打發去調查另一個案子，這是我故意的。因為自己，根本不想她踏上這艘郵輪。而之所以帶上小蘿莉妞妞，當然，我也有個很苦澀的苦衷。

別看妞妞人小，但是由於經歷複雜的緣故，這高智商的小蘿莉其實比任何人都成熟。只是不知道，她有沒有懷疑我的動機。

想著有的沒有的，我在擁擠的人潮中艱難地往前移動著。就在要踏上郵輪前，自己突然整個人都呆住了！

前方一個女孩的背影，不只讓我驚訝，甚至連我右側的妞妞都僵住了。

一股惡寒，猛地從腳底冒上了脊背。而妞妞柔軟小小的手更是死死地牽著我不放，之後放開，整個人哭著跑了過去……

「小姨！」小蘿莉大喊著，不停地縮短在擁擠人群中，那一絲擁有美好而又熟悉的倩影的距離。

密不透風的人群裡，那一個背影猶如黑暗中的燈塔，穿著紅色的衣服，極為顯眼。妞妞拚命地往前衝，終於，抱住了那個女孩的修長大腿。

我整個人一動也不動地暫停在原地，任由妞妞跑過去。

那女孩感覺自己的右腿一沉，黑絲襪被什麼給覆蓋住了，不由得憤怒道：「該死的，真以為老娘好欺負啊。你們這些齷齪的混蛋，一路上偷摸我大腿還沒……」

女孩低下頭正準備給佔她便宜的變態一擊重拳時，誰知看到的居然是個眼眶濕潤的可愛小蘿莉巴在大腿上，一瞬間有些失神，粗魯的話頓時被愛心折斷，「這位小妹妹，妳幹嘛抱著姐姐。妳父母咧？」

「不是，不是小姨。」看清楚女孩的臉後，妞妞失望了。任她智商再高，畢竟也只是六歲的小孩，在一分鐘內心情從激動到失落，自然哭得更加厲害了，「果然。妳不是小姨。小姨果然已經死掉了。哇！哇！」

「小妹妹，妳別哭啊。喂喂，妳別哭。妳看別人都用奇怪的眼光看我了！」呆萌小蘿莉一哭，像極了時悅穎的女孩頓時慌張起來。擁擠的人群從她們身旁流過，人們都用一副「年紀輕輕就有私生女」的表情無聲指責她。

不錯，我之所以呆滯，手腳發冷，小蘿莉之所以情緒崩潰。只因為一個原因，眼前的女孩，實在是太像妞妞的小姨，時悅穎了。人堆裡女孩靚麗漂亮，迷你裙下的黑絲襪將她的美腿勾勒得無比修長，乍看和時悅穎的身材幾乎一模一樣。

不，不僅是身材，就連臉也極為相似。一個家族的基因遺傳，會體現在每個人的臉上，特別是妞妞和自己死去的小姨時悅穎就長得很相似。周圍的人也正因為女孩和妞妞的小臉蛋有相似性，才會用看母女的眼神瞅著她們不放。

但是熟悉的人，仍舊能看出。她和時悅穎，確實不是同一個人。

我的腦袋有些亂，嘆了口氣，終於往前走了幾步。

女孩眼看著妞妞在哭泣，整個人也混亂無比。我將仍舊抱著別人大腿，用人家黑絲襪擦鼻子擦眼淚的小蘿莉給扯下來。

「抱歉，給妳添麻煩了。」我苦笑兩聲，道歉道。

女孩反而機警起來，一把將妞妞重新搶過去，抱在懷裡：「你是誰？她的什麼人？」

果然萌就是正義。隨便一個不相干的人，都能被小蘿莉的萌臉激發出母性。

「我是她哥哥。」我聳了聳肩膀。

「哥，哥？」女孩拉長了聲音，看了看我的臉，又看了看妞妞，之後搖頭：「不像。」

「不是同一個媽生的。」我再次苦笑，開始胡說八道。

女孩的警戒性果然只存在合理解釋的範疇中，她居然像是從我的瞎話中聽出了什麼意味深長又苦澀的故事，重重地點了點頭。看懷裡妞妞的表情，更增添了一抹憐愛和同情。

喂喂，姑娘，妳是不是有些腦補過度了！

「姐姐，放妞妞下來嘛。」妞妞的小短腿在空中蕩了幾下，迅速抹乾淨小臉上的淚痕，說道。

女孩連忙將小蘿莉放在地上，「小妹妹，妳叫妞妞啊！妳不哭了？」

「對啊，妞妞最堅強了！」小蘿莉用力點頭，抱歉道：「對不起，我把妳的絲襪弄髒了。」

女孩笑起來，「沒關係，姐姐的絲襪多得很。注意點不要再跟妳哥哥走散了哦。」

「嗯。」小蘿莉一邊回答，一邊將眼珠子突然骨碌碌地轉了幾下，我頓時緊張起來，難道這傢伙又準備打什麼壞心思了？

不對啊，一個只是長相和她死去的小姨一樣的陌生人，到底有什麼壞主意值得她打。

自己撓了撓腦袋，乾脆將她和女孩拉開了距離。

「姐姐再見，我們要上船了。」妞妞沒有抵抗，很隨意地和女孩揮手告別。

看著擁有時悅穎熟悉背影的女孩漸漸離開，我這才鬆了口氣。

「妳剛剛究竟想對那個陌生姐姐幹嘛？」自己低下頭，嚴厲地問妞妞。

小蘿莉咂咂嘴：「我就是想看看，她是不是真的小姨。」

「妳的小姨已經死了。」我臉色黯淡。

「我知道。」妞妞的聲音一澀，但一秒之後，就立刻高昂了起來：「但夜不語哥哥，你覺不覺得，這艘船上的怪人，真的有夠多的。」

「一輛滿載四百多人的船，形形色色，什麼人都有，很正常。所謂怪人……咦！」我的語氣一怔，神色古怪：「怪了。妞妞，妳一共就只接觸了兩個人。剛剛拖著大箱子的宅男怪叔叔尚且勉強算一個怪人。可妳為什麼要用複數來形容這艘船上的人？」

我瞇著眼，「難道妳對那位陌生姐姐，偷偷幹了什麼不可告人的事情？」

「沒有啦。呵呵，哈哈。」小蘿莉捂著嘴巴，笑嘻嘻地想馬虎過去。

結果被我掰著小臉，直視眼睛：「告訴我，妳對她做了什麼。」

妞妞臉憋紅了，一副「你真麻煩」的無奈表情，「妞妞只是為了確定她是不是真的是小姨，所以摸了摸她的大腿，揉了揉她的胸部。那姐姐肯定不是小姨啦，胸沒小姨大，腿也沒小姨細。屁股不夠翹，骨盆不夠大，今後生寶寶肯定沒法順產……」

我在她腦袋上用力敲了一下：「說重點。」

「當然，妞妞為了完全完全的肯定以及確定，還順手檢查了別的東西。」小蘿莉笑嘻嘻的，完全沒有罪惡感：「你看！」

她一攤手，一個白色的小藥瓶就出現在我眼前。

「妞妞，妳居然還偷東西。」我狠狠瞪了她一眼，準備跟她秋後算帳。妞妞小手上的藥瓶很小，上面貼著寫有「東莨菪鹼」等字樣的標籤。

我撇撇嘴，「不就是暈船藥嘛，這有什麼好奇怪的？」

東莨菪鹼是一種常用的暈車暈船藥。

妞妞搖了搖腦袋，「哥哥，你再看清楚點。妞妞可不會亂偷東西哦。」

確實，小蘿莉雖然經常會幹些我無法理解，甚至會讓我感嘆代溝太深的行為。可卻從來都不會沒有理由。

我仔細地看了看標籤。這種藥瓶裡的藥，東莨菪鹼只是其中一個成分，藥物主要是治療暈動症的。

所謂暈動症，是由於大腦接收到的訊息混亂造成的。內耳感知運動方向，眼睛感知運動空間，皮膚，肌肉，關節感知自身運動，如果這些器官送往大腦的訊號不一致，就容易引發暈動症。

但是在郵輪上，隨身攜帶治療暈動症的藥物，實在太稀疏平常了。

自己繼續往下看，標籤上似乎還有一排極小的紅色字體，提及了藥物的適用範圍：此類藥物的適用範圍，是在適應動態狀態後，轉入陸地等平靜狀態下的眩暈症狀。

我頓時皺了皺眉頭。

雖然，從陸地相對靜止的環境轉換到海上漂浮的環境時絕大多數人都會暈船，但是有些敏感的人，在風平浪靜的海況下也會暈。而有些人不敏感，只有在風大浪高的情況下才會暈。兩歲以上的兒童和婦女更容易暈船。通常暈船現象在經過兩天適應之後會自然消失，但在適應了船上的動態環境後再回到陸地上又會有暈地的感覺。

這似乎也沒什麼怪異的地方。

妞妞見我不解的表情，神秘兮兮地說：「這種藥從說明上就能看出來，主要是為了解決從船到陸地，從動態到靜態的暈地症狀。可是如果妞妞告訴哥哥，那位像是小姨的姐姐，她的行李箱裡，滿滿的都是這種藥，而且大部分都已經開封過的話。哥哥，你會怎麼想？」

一聽到這，我頓時驚訝地張大了嘴巴。

假如妞妞說的是真的，那麼就能夠確定，剛才那個年輕漂亮的女孩，正長期服用暈地症的藥物。也就意味著，她只要踩在地面上，就會不停地產生眩暈、難受、嘔吐感。

「妳的意思是，那個姐姐，暈地球自轉？」我的聲音有些沙啞。怪，確實太怪了！這世界上，確實有一種罕見的病，大約幾千萬人中會有一個人患有類似的症狀。在學術界稱之為自轉病。

患有這種病的人，他們無法適應地球的運動，他們暈地球的自轉。

該死，這艘船上的怪人或許真的有點多。連續遇到兩個人，都稱得上是怪傢伙。一個拖著大行李箱的宅男，一個長相和死去的時悅穎極為相似，而且還患有自轉病。

或許真如妞妞所言，這艘東方郵輪號，絕不簡單。

腳邊的妞妞一直一眨不眨地望著剛剛女孩消失的位置，不知道心裡在想些什麼。過了許久，她才淡淡地問：「哥哥，你，是不是有什麼瞞著我？甚至瞞著李夢月姐姐？」

我心裡一顫，實在不知道該如何回答。

還好，適時一個僵硬單調的女性聲音從廣播中，替我解了圍。

「搭乘東方郵輪號的旅客請注意，搭乘東方郵輪號的旅客請注意。請在各檢票窗口登船，本郵輪將於十分鐘後離開碼頭……」

我拉著妞妞，帶著複雜的心情，踏上了這艘郵輪的甲板。

可我根本不知道，任憑我再小心翼翼，再機關算盡。迎接自己的，依然是一個無法揣測的，既恐怖又詭異的

命運！

第二章 郵輪上的怪人

有人說，天亮的時候，你只能看到一顆太陽。而天黑時，卻能看到無數的太陽。

事情往往都如此，有著兩面性。

只是看你，跟不跟得上變化。

我一邊走，一邊謹慎地觀察著腳下的郵輪。

郵輪旅遊，是經濟發展到了一定程度後，興盛起來的一種旅遊形式。

在國內尤其如此。

雖然現在的郵輪航線其實是不斷在萎縮的，可郵輪有它的經濟實用之處，在開發中國家特別受到歡迎。特別是郵輪旅遊，經常會針對某一種特殊群體。

我和妞妞搭乘的這一艘東方郵輪號，就是屬於大多是特殊群體的班次。

在國際上，按照郵輪船型大小，可以將郵輪劃分為大型郵輪、中型郵輪和小型郵輪。

大型郵輪載客量一般在兩千人以上，中型郵輪載客量一般在一千至兩千人，小型郵輪載客量一般在一千人以下。

按照郵輪航行的水域，可以將郵輪劃分為遠洋郵輪、近洋郵輪和內河郵輪。遠洋郵輪一般航程較長，航期在十天至十五天左右，甚至更長。近洋郵輪和內河郵輪航程較短，航期一般在七天左右或者以內。

以此類推，東方郵輪號是內河郵輪。只搭乘了四百多人，從火城碼頭出發，沿著長江行駛八天，沿途欣賞各式長江風情以及城市，終點站在上海。

類似的郵輪路線其實非常常見，幾乎每天都有班次。沒什麼好奇怪的。

剛剛也有提到，這艘船的主要乘客都屬於某一種特殊人群。其實所謂的特殊，也並不是說真的就很特殊，每個人只要不死去，最終都會變成他們。

因為其中的三百多名乘客都是老年人，也就是俗稱的夕陽紅旅行。老人們因為團費便宜，所以往往都住在三等艙中。

坐過郵輪的都很清楚，郵輪一般分為四個艙等。

三等艙，一個房間住六到八人，二等艙四人，一等艙為雙人房。

還有最為昂貴的特等艙，那並不是一般人能夠住進去的。據說非常豪華，數量也極為稀少。每個艙等，價格都不同。住得越高，價格也就越貴。

我拉著妞妞，上了甲板後，順著船票上的房號一直往上走。下方的老年人嘮嘮叨叨，鬧鬧嚷嚷地，很是好奇。許多老人可能是這輩子第一次出遠門，看什麼都覺得新鮮。

小郵輪有小郵輪的好處，遊客不多，一旦上了樓就安靜了下來。

我們訂的房間在三樓，303 號艙。妞妞似乎完全忘了剛剛和我的對話，大呼小叫著要我用門禁卡刷開艙門，之後開心地跑了進去。

自己並沒有急著進房間。我將手搭在扶手上，視線望向了遠處。

火城的碼頭十分喧囂，站在十幾公尺的高處，一切盡收眼底。腳下黑壓壓的人如同積木似的，從通道往甲板上移動。漆黑的夜色，吹著淒厲的風，像無數的厲鬼在哀嚎。

我猛地打了個寒顫，不知為何，總覺得有什麼東西潛伏在郵輪裡，悄無聲息。彷彿每一個踏上郵輪的人，都被打上了記號。一如拖進屠宰場的豬隻，都被燒得滾燙的紅色烙鐵灼燒皮膚，落上「合格」的字樣。

苦笑著搖了搖腦袋，我暗自嘲笑，自己怎麼會滋生出如此離譜的想像。算了，船到橋頭自然直，既然已經上了船，現在也別考慮太多了。

那個神秘的M，會不會就在船上呢？還有那個像極了時悅穎的女孩，這，真的只是巧合？

我很是在意，就在這時，剛剛還在房間裡歡呼的妞妞，突然尖叫了一聲！

聽到尖叫的自己下意識地摸了摸藏在衣服中的手槍，朝敞開的艙門內衝了進去。

小郵輪的一等艙都是一樣的，和酒店雙人房差不多。兩張單人床，一個衣櫃，還有狹小的浴室。

妞妞半蹲在靠近窗戶的船上，背對著我，在往窗外遠眺著。

「怎麼了？」我神經緊張地掃視環境，沒發現有危險。這才悄聲問。

小蘿莉沒轉頭，而是向我招招手：「哥哥，你過來看。」

我走了過去，靠近窗戶，透過玻璃向外看。窗外是滔滔江水，夜色將一切都渲染得骯髒而又模糊。偶爾從碼頭漏出來的光射得老遠，但也僅僅只能稍微擴寬一絲視線，讓人能看到長江對岸隱隱的遠山輪廓。

「沒什麼東西啊。」我搖了搖腦袋，示意沒情況。

小蘿莉急起來，指了指下邊：「下面，甲板上。你看又有個怪人。」

我低下了頭，隨即愣住了。

小郵輪的艙位排列是橢圓形的，我們住在背靠碼頭的位置。而房間下邊的一樓甲板，也屬碼頭入口的背面，人比較少。好幾個夕陽紅旅行團的老人已經進了艙門，喧囂聲也因此淡許多了。

下邊果然有個怪人。說他是怪人，真沒有冤枉他。看衣著，這人應該是男性，年齡不大。雖然天氣已入秋，但火城的溫度可沒低於三十度。那傢伙竟然一層又一層的套著許多件羽絨衣，將身體撐成了球形，怪異得很。

「那個叔叔不怕熱啊？」妞妞很不解。

我瞇了瞇眼睛，「可能是有病吧。」

「怕冷病？」妞妞擺了擺小腦袋：「我覺得那個叔叔，有些不太對勁。他身上瀰漫著一股死氣。對，就是死氣！」

我再次低下腦袋觀察球形男子。那個男人挪動的速度很慢，身上厚重的衣物明顯拖累了他的步伐。男子除了穿在身上的東西，竟然就沒再帶任何行李，兩手空空的。不錯，正如妞妞所說，他走路的模樣活像個殭屍，缺乏生命氣息。

「而且那個叔叔的影子，好可怕！」小蘿莉猶豫了片刻後，說道。

男子的影子倒是沒什麼古怪的。至少我沒看出古怪。頭頂的光射在男子身上，漆黑的影子彷彿一團球狀。

「妳剛剛尖叫就是因為這個怪人？」

妞妞認真得點頭，「對，就是這個叔叔。他的影子嚇到妞妞了。」

小蘿莉的小臉蛋煞白，彷彿看到了什麼極為可怕的東西。可任我如何打量，硬是看不出那團球狀的影子，怪在哪裡。我摸了摸她的頭，看了看手機。

凌晨十二點十分。

「洗漱準備睡覺了，晚上也沒什麼風景好看。」我吩咐道，打發妞妞去洗澡。自己轉過身收拾起行李。

陷入平靜的東方郵輪號突然響起了幾聲尖銳的汽笛聲，船身微微一震，之後離開了碼頭，朝著深邃的航道駛去。

我停住手裡的活，走到了窗前眺望。

漆黑夜空不斷從眼前滑過，輕微響起的破開水浪聲在迴盪，之後又歸於沉寂。

「各位乘客您好，此次東方郵輪號的旅程為期八天，途經四個主要城市以及二十八個景點。具體遊覽時間請參看每個船艙都貼有的旅行路線表。我是船長鄒慧，很高興為您服務。」

例行的問候語結束後，東方郵輪號在沉睡中，順長江行駛而下。

那晚，我睡得還算舒服。可是沒有人猜得到，那幾乎是所有人，最後舒舒服服的一覺！

午夜的風在呼嘯，安靜的長江兩岸，時不時傳來不知名動物的叫聲。伴隨著來往船隻的汽笛相互唱和，明明是喧囂的噪音，卻十分順耳。

我這一覺直接睡到了太陽曬屁股，直到妞妞搖著我的腦袋，直叫餓的時候，我才醒過來。

慢吞吞地跑到餐廳點了些早餐，自己仍舊暈乎乎的，沒睡醒。人類果然是需要旅遊來沖淡內心的焦慮。哪怕是帶有某種目的，畢竟帶有目的的旅遊，仍舊算是旅遊。坐在窗戶邊上，喝著清粥就著小菜，吃了幾口饅頭。

我的視線沒焦點的落在窗外的江水面上。

滔滔江水，帶著千萬年來長江從未改變過的渾濁，從船身上流過。光是看著水流，就足以讓內心感到平靜。

我吃一口看一眼，才赫然發現，自己已經有許久許久，沒有純粹的旅遊，如此坐看風景了。一直奔波忙碌，尋找著世界上不知從哪裡冒出來的擁有超自然力量的物品、和各種搞不清楚目的的神秘勢力對抗、解決一大堆莫名其妙的案件……

真的安靜下來時，居然發現，自己早已疲憊不堪。累了。真的累了！哪怕這真的是命，我也認命，可仍舊無法抵抗深入骨髓的倦怠。

「哥哥！夜不語哥哥！」小蘿莉見我臉色不太好，伸出胖嘟嘟的小手，用力在我眼睛前搖晃了幾下。

「嗯？怎麼了？」我回過神，下意識地笑著。

「你看，怪人們集體出巢咯。」妞妞指著餐廳。

現在是早晨九點過，夕陽團的老人們因為起得早，早早就吃過飯全跑甲板上用各種手機、平板、單眼等設備對著長江兩岸拍照、樂此不疲。甚至第一個下船旅遊的景點，都已經結束了。

不過餐廳裡仍舊還有人，準確地說，都是妞妞嘴裡所謂的怪人。

怪人是有定義的。例如那個廢柴宅男。他居然連吃個早飯都一定要拖著自己碩大的行李箱，簡直猜不出行李箱裡究竟裝著什麼，居然被他如此寶貝著。

疑似暈地球自轉、長相和時悅穎極其相似的女孩也在。她點了豆漿就著小籠包，見妞妞在瞅她，連忙露出笑容算是打了招呼。

還有那個昨晚見過的，套著厚厚幾層羽絨衣，將自己包裹得像是一顆球，看不清楚模樣的哥們。

今天的溫度依然不低，這兄弟顯然不怕熱。我嚴重懷疑他睡覺也不會脫衣服。畢竟昨天見他什麼模樣，現在看到，仍舊一模一樣的裡三層外三層。就連衣服的層次都沒變。

他頭戴鴨舌帽，臉上戴著口罩，帽檐壓得很低。他叫了一碗麵，小心翼翼地笨拙地拿著筷子，將口罩往上拉了拉，露出半個嘴巴。將麵條的一端塞入嘴巴裡，之後就使勁兒地朝裡邊吸。

真省事。

除了他們外，偌大的餐廳，還零零星星的坐著其他人。

妞妞的小臉抽了抽，「這林子大了，果然是什麼人都有。明明是一艘旅遊郵輪，講解員都站在甲板上。可偏偏有許多人似乎不像想旅遊的樣子，日上三竿起床，慢吞吞地吃早飯。真有些怪咧。」

我的臉也同時抽了抽。小蘿莉雖然沒看我，但明顯話中有話。她這一番話中囊括，根本是將我也算了進去。

難道是自己太敏感了？

不過這番話，也確實引起了我的警覺。不錯，一艘旅遊船上，居然有這麼多無心旅遊的人。難道，他們都是有別的目的？

至少我，就是懷有目的的。我需要搞清楚一件事，一件必須要弄明白的事。以及，那個經常提醒我，像是我的老朋友，但是我卻完全搞不清楚身分的M。他，到底是男是女。甚至，他，究竟是誰？

自己沒再忙著多愁善感，反而轉動腦袋，認真觀察起餐廳裡的所有人來。整間餐廳，包含我和妞妞，大約只有十個客人。佔郵輪遊客數的四十多分之一。如果餐廳中所坐的十人，都屬於怪人的範疇的話。這個比率絕對不低！

就在我想把剩下的人都仔細打量一番時，突然，從餐廳外的甲板上傳來了一陣驚慌失措的嘈雜聲。

我連忙看了過去。餐廳在二樓，一樓甲板上本來還在悠閒照相的老人們，紛紛不約而同地將各種照相設備對準江面，而有的老人臉色嚇得煞白。

妞妞也是個好事精，她和我對視一眼，率先竄了出去。

「慢一點！」我沒好氣地跟在她身後連連吼叫。

小妮子一點也不讓人放心，好奇心比我還重。她溜到附近一個老爺子腳邊上，連聲問：「爺爺，發生什麼事了？你們幹嘛一臉驚慌！」

老爺子低下頭看到了萌萌的小蘿莉，本來苦大仇深的臉上露出一絲喜愛。不過很快又變回了滿臉的擔心，「小牙子，妳看江面上。」

小牙子是西南地區對小女孩的稱呼，那大爺應該是陝西和四川交界處的居民。順著他手指的方向望去，頓時，一股惡寒從我的腳底直爬上了脊背。

我感覺寒毛都豎了起來。

只見本來還乾乾淨淨的寬闊長江上，不知何時漂來了一大堆紙錢。順著江水，安靜無聲地往下游流去。

說這紙錢也有點怪，一般紙錢應該是土黃色的。可江面上的紙錢，偏偏通體慘白，被頭頂的陽光一曬，竟然還反射著熒色的光澤。看得人不寒而慄。

大量的紙錢充斥在水上，伴隨著時不時出現的垃圾，將漂亮風景渲染得陰森可怖。

「這紙錢，不太對啊。」另一邊的另一個老頭說道：「這些可不是一般的紙錢。」

周圍的老年人紛紛附和，有好事者連聲問：「周老頭，你一輩子走南闖北，據說什麼都看過。這紙錢真有問題？」

老年人來自東南西北，大多迷信，看到不吉利的東西就心頭發慌。特別是旅遊，大家都是出來玩的，好好的江面突然出現模樣怪異的紙錢，而且無邊無際，不知道什麼時候才流得完。實在是一件非常掃興的事。

妞妞跟前的就是周老頭，他看起來大約六十來歲。面容顯老，而且右邊眼睛還戴著一個黑色的獨眼龍遮眼套。老頭顯然也是個喜歡顯擺[3]的人，他的左眼睛一眨不眨地看著那些古怪紙錢，臉色非常難看，似乎是回憶起了某些不好的經歷。

「老爺子我年輕的時候，就在長江邊上插過隊[4]。記得這段長江的兩岸，就離鬼城酆都的地界不遠。」周老頭嘴唇抖了抖，一邊瞅江面上的紙錢，一邊講起這紙錢的來歷。

旁邊老頭看了看遊覽手冊，「對啊，鬼城酆都確實離這很近。傳說張道陵就是在酆都創立五斗米教的。難道這紙錢和五斗米教有什麼淵源？」

周老頭苦笑著搖了搖腦袋，「張老屁股，你就別半懂不懂的了。人都覺得五斗米教還有酆都的名頭大，其實，這紙錢的來歷，確實可能和五斗米教有淵源，但淵源不大。但是，我等下講的，是老爺子我親身經歷的故事，可不太順耳。你們聽聽也就算了，不要對號入座。」

周圍的老年人起鬨起來：「別吊胃口了，快講。」

我和小蘿莉妞妞就站在周老頭附近，自己同樣在打量著那些紙錢。越是看，我越是覺得不太對勁兒。紙錢是順著江水往下流的，東方郵輪號同樣也是順著江水流，而且還是以引擎為動力。可為什麼這些紙錢，速度竟然比輪船還快？

本來剛剛還在船後的紙錢，竟然已經超過船身，遠遠地漂到了下游。

這是怎麼回事？一些普通白紙製作的紙錢上，難道還有機關不成？否則，它們沒有理由漂得比船更快啊！

顯然極少有老人注意到這一點，大家的視線都集中在了周老頭臉上。

周老頭很久沒有成為人群焦點了，得意地講道：「老爺子我插隊時，還沒這頭白鬚白鬍子，右眼睛也沒有瞎。整個人還帥氣得很。當初我插隊的地方，就在那周圍。」

他隨手在船下游某個位置指了指：「名字應該叫錢家村。普普通通的名字，我去的時候，可受歡迎了。作為村裡唯一一個知識分子，平時老爺子幹幹農活講講課，除去喧嚣，還是挺愜意的。可沒多久，我就覺得村裡，似乎有太多古怪的地方。」

講到這裡，周老頭眼睛眯了眯，視線頓時鋒利起來。

伴隨著說話聲，越來越多的紙錢，沉入江底。

故事，似乎也將渾濁長江下隱藏的東西，給掀了起來。

---

3 方言，意思是喜歡炫耀。

4 插隊，通常是指一九八〇年以前中國內地城市的知識青年「上山下鄉」的一種模式。

第三章 詭異紙船

鄉村本來就充斥著各種迷信禁忌，全世界的村莊都一樣。作為文明古國，又是長江流域這個孕育了中華文明的其中一條長河，關於迷信的事物自然更加多了。

六千多公里的長江，滔滔江水奔騰不息數千萬年。究竟隱藏著多少詭異的東西，究竟什麼是事實，什麼是迷信，早已淹沒在了水中，和渾濁的水混合在一起，分不出誰真誰假。

周老爺子剛到錢家村插隊時，不覺得有什麼，但時間久了，漸漸覺得這個錢家村暗地裡藏了什麼秘密，不是個普通的村莊。

村子離長江河岸不遠，是個十分迷信的村莊。村長是個八十多歲的老人，混熟了，經常跟周老頭講一些長江上找伙食的講究。

據說這長江流域，特別是錢家村這附近，很不太平。甚至可以說，數千年前錢家村的先人們在這裡建村後，整個村子就沒有正常過。

村長肚子裡沒多少墨水，字也不認識幾個。所以他跟周老爺子講的據說都是自己親身經歷的，關於長江流域的怪聞。

例如下游有個西寧鄉，農田裡不種莊稼，種的是當地礦上山開採的石頭。黑黝黝的，帶著磁性。鐵器吸在上邊根本別想拉下來。

每到秋收時，本地人便會在距離農田幾百公尺遠的地方挖深坑和陷阱，挑月疏星稀的凌晨，在深坑裡趴伏著躲藏起來。不多時，等天全都暗到伸手不見五指後，就會有一陣陣窸窸窣窣的聲音會從地底爬出。這時候，農人便點亮火把，敲鑼打鼓的撲上去。

村長說，他有一次偶然看清了那些東西的長相，整個人悚得頭髮都豎了起來。農田裡密密麻麻全是從沒見過的怪蟲，半公尺長，長相和蜈蚣差不多，但是還要醜得多。簡直就是從地獄裡鑽出的怪物。那些蟲身體粗長，頭頂兩根油亮的鞭子足足有手臂長短。一隻隻趴伏在黑色礦石上不斷啃咬，堅硬的石頭在牠們嘴裡彷彿豆腐般柔軟。

村人身上都穿著用竹子編製的藤甲，一窩蜂的用手裡的利器將怪蟲敲暈。見人撲上來，怪蟲就會揮動頭上的鞭子一陣亂抽。

被打中的人幾乎皮開肉綻，運氣好的歇息半年才會好。運氣差的中了毒，渾身黑紅發涼，散發出惡臭，撐不過幾天就會一命嗚呼。

之後爺爺才知道，當地人管那種怪蟲叫黑紐子，沒人知道黑紐子從哪裡來。村人世世代代都以牠為生，黑紐子喜歡吃帶磁性的黑石，村人就將黑石放在田地裡引誘牠。

這種怪蟲只在農曆八月十一沒有月亮沒有星星的日子出現，可那個時間臨近中秋，是月亮最圓最亮的時候，所以誘捕黑紐子要靠運氣，有的時候一連幾年都有好收成，有的時候連續十年都毫無收穫。

所以這個村子裡的人，最恨的就是月亮。

據說黑紐子被曬乾後磨成粉，能治百病。一到農曆九月，許多知道這種特產的民間醫生就會蜂擁而至，高價買下這種醫療聖品。村長本來還不相信，剛好錢家村裡有個人喉嚨得了惡癰，也就是現在的食道癌，已經是末期了。每天只能吃一些流質食物，而且痛得要死要活。

吃了幾貼黑紐子粉後，病情居然舒緩了許多，半年後病居然徹底好了。

三十年前村長的奶奶得了重病，村長想再去尋那個村子，卻怎麼也沒有再找到過。奶奶病死，成了村長一輩子的遺憾。

還有更古怪的，二十五年前，同樣是長江流域離錢家村不遠的村子，當時鬧饑荒。村長跑去那村子討飯，竟然親眼看到金黃的農田在一夜之間，離奇消失得無影無蹤。

農田四周只留下一個碩大的痕跡，像隻只長十五公尺，寬四公尺多的巨獸。牠吃了十多畝地的作物，然後爬回了不遠處的長江中。當地人氣得直冒火，發誓要將那頭巨獸抓住宰了吃肉。

周老頭年輕氣盛，自然是不相信。「村長，現在都在破四舊，打倒牛鬼蛇神了。你說的故事，可算是迷信哦。我也是讀過幾年書，這世上哪有那麼大的怪獸。」

「爺爺我走得匆忙，但是那巨獸的痕跡倒是記得很清楚。」村長用旱菸袋撓了撓頭，信誓旦旦地說：「那頭怪物很有可能便是傳說中的蛟。」

「奇怪了。蛟為什麼不吃河裡的魚蝦，而跑上岸吃莊稼。」周老頭反駁道。

村長爺爺支支吾吾沒個說法，本來以為這件事就這麼揭過了。可沒幾天後發生的一件事，將周老頭一直引以為豪的科學主義世界觀打得支離破碎。

因為他根本就沒有意識到一件事，村長跟他上游下游的講了許多其他村子的怪事，可從來絕口不提錢家村中有沒有發生過離奇的事。照理說，錢家村不應該太平才對。

那天，周老爺子終於明白了。錢家村也有怪事，而且，比別的地方更加恐怖。

現在想來，那一天，似乎和其他時候並沒有什麼不同。周老頭上完課後拿著鋤頭鋤地，突然聽到有個小孩在大呼小叫：「死人了。錢奶奶死了！」

整個錢家村也就一百多口人，村上村下都祭拜一個祖宗，關門不見開門見。誰家死了，整個村子都會自發地上門幫忙。

可是那天不太一樣。

附近一人拽住小孩就問：「錢奶奶前幾天身體還硬朗，怎麼就突然死了？」

「淹死的。」小孩臉色有些發白，說話吞吞吐吐，似乎嚇得不輕。

「淹死的……在這個日子？」那人焦急道：「有什麼異狀嗎？」

小孩沒敢說話。

「該死，該死！快去找村長。」村民一把扔掉了鋤頭，讓小孩指了屍體的位置，急急忙忙地跑了過去。

一路上，見到村人，他就滿臉煞白的大喊：「別做工了，風來了。」路上的村人一聽到這句話，臉色也頓時不好起來。連忙停下手裡的活，朝死人的地方湧。沒多久，全村的人都自發地聚攏到了長江邊上。

周老頭沒聽懂村人的對話，他撓著腦袋，以湊熱鬧的心態去了。死人的地方就在江邊，錢奶奶顯然才從河裡撈出來，是被淹死的。屍體趴伏在地上，被裡三層外三層圍了個水泄不通。

周老頭個子高，稍微能看到裡邊的情況。

村民們顯得很暴躁，有膽小的甚至跪在地上，衝著滔滔長江嘴裡唸唸有詞，不知道祈禱著啥。

不久後，村長來了。人群自動讓出了一條路，村長走進去，打量了錢奶奶的屍體幾眼。之後眼皮子猛地抖了幾下：「誰發現屍體的，什麼情況？」

「我發現的。」一個三十多歲的漢子舉起手：「我在河上打魚，突然感覺漁網有些沉，拉上來就看到了錢奶奶的屍體。」

村長暗自咕噥，「錢奶奶怎麼會在江裡？」

周老頭也認識這個錢奶奶。她六十多歲，喪夫，至今未再嫁。從前普通人家的女兒命賤，怕死得早，所以通常只有小名。嫁人後隨夫姓，也就沒人還記得她真正的名字，都管她叫錢奶奶。

可這錢奶奶家住得離長江岸很遠，怎麼會突然淹死在江水中？

周老頭打量著錢奶奶的屍體。因為年紀和長期營養不良而身材萎縮的小老太太，今天穿著大紅色的衣裳，像精心打扮過。屍體趴在地上，渾身濕漉漉的，但詭異的是，明明應該整個人整件紅衣都濕透了。

可屍體的背，卻是乾的！

這是怎麼回事？都不知道在江水裡泡了多久的屍體，被人用漁網撈起後，居然背上的衣服還是乾的。

周老頭腦袋有些懵，不知道該怎麼解釋。

顯然，村人也注意到了這詭異的現象。他們驚恐無比，視線故意不落在那塊乾燥的屍體背部，顯然是忌諱某種東西。

村長皺了皺眉，「她失蹤多久了？」

「錢奶奶一個人獨居，不過很愛漂亮，只有趕集的時候，才會把這件紅衣服拿出來穿。」有個知道情況的村人回答：「三天前，江對面有過一次集會。」

周老頭更加驚訝了，如果錢奶奶真的是三天前死的？屍體在水裡泡了三天，沒有發脹沒有被江水帶到下游，背上的衣服都還是乾的，最後被同村的人用漁網網起。這簡直匪夷所思。

「起風了。果然是起風了。又到了這個時候！」村長嘆了口氣，蹲下身，整理著錢奶奶的屍體，「苦了錢奶奶妳了，當了我們的替死鬼。」

村長將錢奶奶的屍體擺直，可當他拉出錢奶奶壓在身子底下的左手時，突然整個人都愣了。

只見屍體被拉出來的左手，竟然緊握著，彷彿手心裡藏著什麼東西。

村長將她的手用力掰開，是一條船，一條紙船。

白森森的紙船在陽光下反射著邪惡的光澤，不大的紙船，上邊似乎坐了許多人。每個人雖然小，但是眼睛鼻子都活靈活現。

村長臉色煞白，失聲喊道：「紙船流盡，水鬼抓人！」

全村人都嚇得雙腿發軟。就在這時，從長江的上游，流來了無數的紙錢，白色紙錢的盡頭居然是幾隻紙船。

和錢婆婆手裡捏著的，一模一樣的紙船。

周老頭將故事講到這裡，竟然沒良心的停了下來。不顧四周連聲的催促，他的視線落在了郵輪的上游處。

不知何時，東方郵輪號周圍的白色紙錢已經全部越過船身，流到了下游。寬闊的長江水面，再次恢復了平靜。

可就在這時，周老頭的眼皮子一抽，臉色大變。順著他驚駭不已的視線，所有人都不由得倒抽了幾口涼氣。

本來已經淨空的上游水面，竟漂來幾艘紙紮的小白船。船上似乎坐著幾個紙紮人，有鼻子有眼睛，看得人慌得慌。

周老頭腿一軟，險些跌在甲板上，「紙船流盡，水鬼抓人。船上有多少個紙鬼，就會死多少個人。難道三十多年前的慘劇，又要再次重演嗎！」

好事者想再問下去，周老頭卻怎麼樣都不肯繼續說下去。他準備用茶盅喝口水，可是手抖得厲害，杯子裡的水不停地灑在甲板上。

我見聽不到下文，於是扯著妞妞先離開了。

圍繞著東方郵輪號的紙船並不大，但是非常詭異。這些只有三十幾公分長的船，明明只用簡單的白紙紮成，可在奔騰洶湧的江水上卻猶如有動力般行駛著。

它們每一艘都離郵輪不遠，哪怕被船尾掀起的水花打濕也沒有沉沒。更怪的是，船在運行過程中，周圍肯定會有排斥力，但甚至破開的浪花都無法阻止這些詭異紙紮船的靠近。

越看，越讓我覺得玄乎。

我偷偷繞到甲板上一處人少的地方，找到掛在郵輪隱蔽處的一根繩網，就那麼朝最近的一隻紙船扔過去。

也不知道是我技術高超，還是那隻紙船迎合我的動作。居然巧之又巧的被我網住了。

將繩網提起，紙船近距離的出現在我的眼皮子底下。

很普通的紙紮船，做得倒是精細。應該是用好幾張紙折起來拼湊而成。船的模樣，越看越覺得熟悉。

「哥哥，這不就是我們乘坐的東方郵輪號嗎？」妞妞渾身一抖。

我有些不信，「這明明就是用紙紮的平底船，而東方郵輪號，根本就不一樣……」話還沒從嘴巴裡消失，我眼睛卻睜大了。這紙船的底部分明是輪船的模樣，雖然是平底船，可船底，似乎用某種帶著腥臭味的殷紅顏料描畫著一排一排船艙，四層樓高的船艙。

船身上，還寫著正楷體：東方郵輪號。

果然，這艘紙紮船，分明代表著我們腳底下的這艘郵輪。

這是怎麼回事！

究竟是誰，出於什麼目的，做了這些船，還放在了長江中？可無論他基於什麼理由，恐怕都絕不是好事。

我愁眉苦臉地看著手心的紙船，心臟怦怦跳得厲害。總有一種不祥的預感，瀰漫在內心深處。

這一趟旅行，果然不簡單啊。

「哥哥，你看這船上，似乎還有一些小人。」妞妞的目光落在平底船的內部。甲板上，確實有幾個精緻的小人，扶著欄杆朝外看風景。仔細數了數，大約五個。

「該死！」我大罵一聲，只感覺心頓時沉入了谷底。

那些紙紮的小人，光是從外貌，就能分辨出一二。穿著紅衣的女孩有著窈窕的身材，站在船右側。而一個穿著像球的男人，手裡拿著繩網，不知準備在河裡撈什麼。另一個男人，身旁有個極大的行李箱。

在船的右側，一個男子和一個小女孩並排站著，向遠處眺望。該死，那分明就是我、妞妞，疑似暈地球自轉，長相和時悅穎相似的女子，和 Madao 男，以及怕冷怪人。

畫在紙上的船艙內，還有五個人張望地將腦袋半探出船艙。

一艘船，十個人？

該死，這到底代表著什麼？這紙紮船，實在是太詭異了！

我想來想去都想不出個所以然來，帶著一腦袋的疑惑，回到了房間。一整天，我都過得不安寧，心驚膽戰，稍有風吹草動就讓我神經緊張。

踏上東方郵輪號的第二天，就是在這種緊張中度過的。長江沿途的四個下船景點，我一個也沒去。我偷偷觀察著紙船上能夠辨識的另外三個人的狀況。

那三個怪人，同樣沒有下過船。

和時悅穎長得很像的女孩總是站在船頭，似乎讓河風吹得一臉舒服。

宅男自然是除了吃飯外，不出房門的。但哪怕出門，也必須帶著自己巨大的箱子。怕冷男挺著幾層圓球狀的衣服，莫名其妙地在船甲板走來走去，彷彿在找什麼東西。對於我的偷窺，沒有人注意到。

甚至妞妞，也開始神秘起來。她偷偷摸摸地在房間裡做著什麼，可是我實在沒時間去管她。

儘管小心再小心，可該發生的事，還是無法阻攔的發生了。

陽光散盡，夜晚到來，不知何時，本來還寬闊的江面，居然起了一層厚厚的濃霧。白森森的霧氣瀰漫在船外，透過窗戶，什麼也看不到。

妞妞躺在床上，拿著平板電腦上網。而我則一動不動地坐在窗前的椅子上，看著那翻滾的霧發呆。

突然，有一股不好的感覺，湧上了心頭！

我整個人都跳了起來。

「不對，好像有哪裡不太對！」我皺著眉頭，將下午從江裡撈出來的紙船又拿了出來，擺在桌子上。

妞妞抬頭，疑惑地看向我：「哪裡不對了？」

「這個船不對。」我看了一眼窗外密不透風的霧，又看了一眼紙船。心裡那股不祥的預感，又濃烈了許多。

小蘿莉坐直了身體，「哥哥，你想到了什麼？看你嚇得，臉都白了。」

「妳看看船身。」我的語氣在發顫。

妞妞搖了搖腦袋，「沒什麼特別啊，就是郵輪的模樣。」

我將船舉起來，對著頭頂的燈光：「那麼妳再這樣看看。」

被光一照射，換了個角度後，整艘紙船似乎變了個樣子。

妞妞猛地瞪大了眼，「棺、棺材！」

從下往上看的紙船，本來是通體白色的。可燈光下，慘白的船身不知為何透出一股死氣沉沉的黑，猶如一口黑漆漆的棺材，就那麼橫在我的手指間。光透過紙面，暈出了灰敗的光圈。彷彿籠罩著骯髒的污穢，悚人得很。

「從上往下看是一個模樣，從下往上看又是另一個樣子。這種紙船，我記得在長江流域有個特殊的稱呼，叫棺船。是用來送死人的。」我用手指不停地敲擊桌面：「有人在上游放了紙錢，還折了和東方郵輪號一樣的棺材船。他是，想為整船的人送葬啊！可為什麼船上卻有五個紙紮人，以及五個隱藏在船艙裡的人呢？這是不是意味著，只有十個人能活下來？」

妞妞被我的一番話給嚇得不輕，「難道放紙船的人會襲擊這條船，將所有人殺死？」

想來想去，她都想不出有別的解釋。

我輕輕搖了搖腦袋，「應該沒那麼簡單。紙錢，棺船。該死，總覺得有個特殊的風俗儀式需要用到這兩個玩意兒。可我偏偏就是想不起來。」

「你老了。」小蘿莉毫不客氣地發出了致命攻擊，「哥哥，記憶力衰退可是早衰的跡象哦。」

我瞪了她老大一眼，「滾一邊去玩妳的，我上網查查看。總覺得事情不會太簡單。」

「是不簡單喔，妞妞總覺得上了這艘船後，夜不語哥哥你心事重重的。」妞妞撇著嘴，想要旁敲側擊。

我故意沒理她，掏出手機，突然咦了一聲，「怎麼沒網路訊號了？就連手機訊號也沒了！」

妞妞舉起自己的平板電腦，「對啊，我電腦上也沒 WiFi 了。難道這附近沒訊號？」郵輪上的 WiFi 也是基於電信信號發射出來的，沒有訊號了，也自然無法連接網路。怪了，記得前不久東方郵輪號才經過一座江邊小城鎮，不應該這麼快就進入沒訊號的區域。何況，作為運輸繁忙的長江流域，也不可能出現訊號死角。

我越想心頭越是七上八下，猛然間，耳朵動了動：「妞妞，妳有沒有覺得，房間外邊安靜得可怕？」

我們的船艙雖然在三樓，可仍舊能夠聽到一樓甲板傳來的老年團的喧鬧。可不知從什麼時候開始，吵吵鬧鬧的聲響突然消失了。

彷彿整船人都回到自己的船艙就寢。甚至兩岸一直傳來的動物怪叫、以及來往船船發出的汽笛，也消失得乾乾淨淨。

四周一片死寂，只剩下船外的濃霧依舊翻滾不休。一如濃霧，就是整個世界。

我和妞妞對視一眼，兩個人不約而同地推門，跑了出去……

第四章 死寂的船

曾經有個著名的哲學家提出過這麼一個經典問題，「假如一棵樹在森林裡倒下，而沒有人聽見，那麼它究竟有沒有發出聲音？」

至今，這都是一個哲學界以及物理學界討論的謎題。

很多東西其實都和這個哲學問題一般主觀，眼睛看不到的東西、耳朵聽不見的事物，究竟是不是存在呢？對於一個瞎子而言，你相對於他，是不是就是隱形的呢？

我不是哲學家，我沒有這股想像力，所以我不知道。我只清楚，自己和妞妞，肯定遇到了相當可怕的怪事。

當我們推門跑出去，站在三樓走廊上時，入目的全是白霧。彷彿無止盡的白霧充斥了視線中的一切，填滿了空間。哪怕只相隔五十公分，眼睛也僅僅能看到朦朦朧朧的影像。

「哇，夜不語哥哥。這霧氣可有點凶戾喔。」妞妞眨巴著眼，玩心十足地不停將手探入周圍的霧中，隨著手伸直，霧氣立刻將其吞噬，最終只剩下模糊，「霧是水分子遇到了空氣裡的懸浮顆粒，以及一定氣候因素下出現的自然現象，可現在長江上的水分子究竟要有多濃，霧才會變得這麼厚？」

她抽抽小鼻子，用力聞了聞附近的空氣：「呼呼，沒聞到怪味。這霧沒毒。」

「有毒沒有毒，我不清楚。但是這霧也絕對不是什麼好東西。」我的眉頭緊緊地撞在一起，眼前濃得異常的霧氣掩蓋了環境，我根本觀察不到任何景物。

剛剛還覺得房間裡安靜得可怕，可真的走出來，才驚然發現，更可怕的是外邊居然更加的死寂。

有沒有嘗試過在一個空無一物的房間裡，四面沒有窗戶，只有牆壁。當你將門關上後，整個房間似乎都變成了一個回路。你發出的任何聲音都會在四個牆壁間不停反彈，回聲和回聲互相感染干擾，你的耳朵甚至也會在回聲中共鳴。

站在郵輪三樓的走廊，我就有這種怪異的錯覺。耳朵被自己和妞妞的對話弄得嗡嗡作響，彷彿周圍的霧是牆壁，隔絕了外界的聲音，反彈著內部的聲響。

這難受的感覺非常不容易形容。

妞妞也感覺到了，她用手指掏了掏耳朵：「耳朵怪不舒服的。」

我一眨不眨地看著四周的霧氣，沒有輕率地往前走：「沒想到屋外比屋裡更安靜，現在幾點了？」

「剛八點。」妞妞掏出手機看了一眼。

「八點，在長江這段流域，天應該已經黑盡了。可是霧氣裡，似乎還隱隱透著些光。」我觀察著眼前的霧。

這鬼裡鬼氣的霧奇怪得很，輪船走廊的燈雖然亮著，可光被霧吞得只剩下些許能量。不過矇矓的光，卻並不從頭頂射下。而是來源於四面八方，微弱，像是霧自己發出來的。

突然，我猛地又意識到了一個更怪的現象。

船停了，不知道何時船就已經不再往前行駛了。東方郵輪號的房間走廊是半封閉的，有頂，但是沒有窗戶，用鐵欄杆當作護欄，預防人掉下去。原本一出船艙就能感受到的呼嘯河風，現在居然沒了。

一點風都沒有。只剩冰涼的陰冷空氣，凝固在空中。

沒道理啊，江船不同於海船，哪怕江船停止了行駛，也會被長江水推動著一直往下游流。不可能一直靜靜的停在原地。除非，是下了船錨。可郵輪的船錨不是說下就下的，沒有緊急狀況，根據法規，不可能下船錨。

但如果真遇到了緊急狀況，船上的工作人員，怎麼會都不通知一聲呢？還有聲音，滿船喧鬧的聲音都跑哪兒去了？船停了，就算沒有個說法，可一樓住在甲板船艙的那幾百個夕陽紅團的老人們，不跑出來瞎嘮叨才怪。

可偏偏周圍沒有風，沒有聲音，死寂得如同整個世界真的死掉了。

該死，絕對有問題。

「夜不語哥哥，妞妞感覺好像在棺材裡一樣，渾身不舒服。」在霧裡小蘿莉感覺全身難受，不由得揉了揉身體：「而且，船似乎沒往前開了。」

我緊張得吞下一口唾液，事情越來越朝著詭異的方向發展：「慢慢往前走，抓牢我，咱倆千萬不能分開了。」

站在原地也沒有任何用處，既然發現了異狀，那麼還不如到有人的地方看看情況。最好能找到一個船員，問問究竟發生了什麼事。

視線被白霧遮盡，我憑著記憶，一隻手死死拽著走廊欄杆，另一隻手牽著妞妞，一步一步，小心翼翼地往濃霧深處走去。

三樓的房間並不多，沿著左邊走，直走到底，就能摸到下樓的旋梯。當我們慢慢挪動著，吃力地路過其中一扇房門時，突然，妞妞停下了腳步。

「怎麼不走了？」我轉頭問。

小蘿莉指了指那扇門：「那個長得像小姨的姐姐，就住在307室。我們叫上她吧！」

「叫她幹嘛？」我不滿道。

「多一個人多一份力量，妞妞總覺得很不安。」小女孩可憐兮兮地張大萌眼瞅著我。

我稍微思索了一下，覺得她的話也不無道理。鬼知道現在船上發生了什麼，又或者正在發生什麼。多叫上一個人，確實保險些。

「去敲門吧。我點頭。」

見我同意了，妞妞迅速敲響了 307 號房的門。空洞的敲擊聲迴盪在三樓的空間裡，顯得格外刺耳。

敲了大約一分鐘，才聽到裡邊迷迷糊糊的應和聲：「誰啊？」

「是我，大姐姐，我是妞妞喔。」妞妞興奮起來，她轉頭得意地看向我：「耶，裡面有人。」

我的心也稍微放下了些許。在這寂靜無聲、沒風、無法找到標的物的死船上，能夠聽到人的聲音，無疑是一種天籟。

又過了半分鐘，女孩才將門打開。她穿著卡通睡衣，揉著眼睛，半睡半醒地問妞妞：「小妹妹，找姐姐什麼事？」

女孩似乎有些睡眠不足，視線從妞妞臉上轉到了我的臉上，最後落在了門外那濃密的白霧中：「哇，好大的霧啊。」

妞妞揮舞著小手，一邊比劃一邊將情況說了一遍。

「你們的意思是，這艘船出了問題？」女孩一臉迷惑，隨後，居然毅然地點了點頭：「知道了，我跟你們下去瞅瞅。等一下，姐姐先去換件衣服。」

女孩轉身進屋，留下我和妞妞面面相覷，互相從對方的眼睛裡看到了驚訝。

「哥哥，這個姐姐不但是怪人，而且，恐怕也不怎麼簡單哦。」妞妞苦笑著說。

我的笑容，也顯得極為僵硬。妞妞的判斷，無疑是非常準確的。如果是正常人，那麼聽到我們剛才那猶如天方夜譚的解釋，肯定要麼不信，要麼退縮。妞妞本已經做好打算不惜賣萌加死纏爛打，也要將那女孩誘騙進團隊中。

可惜這姑娘太驚人了，不只全盤信了，而且還主動要求一起下樓看情況。這不是一般人能做到的。畢竟每個人都有自我保護意識，沒有什麼慘絕人寰的經歷、或者性格上有什麼重大缺陷的人，還真不可能是這類直白反應。

還是說，這女孩只是單純的正義感強，或者俗話說的少根筋？

女孩換衣服很快，她穿了一身休閒裝，將姣好的身材勾勒得極為漂亮。無論怎麼看，都和時悅穎像一個模子印出來，相似得很。我偷偷嘆了口氣，揮揮手，「走吧，我們儘量小心，慢慢找樓梯。」

一行三人，就這麼再次進入濃霧中。

「對了，姐姐。妞妞已經自我介紹過了哦，那邊那位帥氣的哥哥，叫夜不語。別看他名字古怪，可是人很好心的。」妞妞走在中間，沒事寒酸幾句，顯然是想要套話：「姐姐叫什麼名字？」

「姐姐叫鄭曉彤。」女孩不假思索地回答道。

「好好聽的名字啊。姐姐有男朋友了嗎？要不要我把哥哥介紹給妳，他還是處男哦！」妞妞咯咯笑道。

我轉頭瞪了她一眼，「小孩子家家別亂說話。鄭小姐，妳哪裡人？」

我們足足花了好幾分鐘，才走過走廊的一多半。每個人都死死拽著欄杆，雖然明知道是一條直路，可是在這睜眼看不見五指的濃霧中，所有人都極度沒有安全感。彷彿只要一鬆手，進了霧氣裡，就會永遠迷失掉方向。

「宜昌人。」鄭曉彤客氣道。

「宜昌是個好地方，只有那裡的水土才能養育像鄭小姐一般漂亮的女孩。」我笑了兩聲，不動聲色地也套話起來。

女孩的臉紅撲撲的，顯然沒有太多被恭維的經驗。這令我有些驚訝，如時悅穎的長相絕對是美女無疑，從小自然是不會缺少讚美的。可女孩居然如此害羞。難道她一直都生長在相對封閉的環境中？

容不得我多想，三樓走廊，終於走到了盡頭！

雪白到甚至令人覺得髒的霧，濃得彷彿長期患有癆病的病人喉嚨口的濃痰。在這口濃痰中的我們三人，每一步都不容易。短暫得脫離走廊欄杆，我在最前方，摸索著，好不容易才摸到牆壁。

皮膚接觸到鋼鐵的冰冷，心裡終究還是升起一股欣慰感。來到樓梯間後，霧氣終於小了一些，視線能夠看到蜿蜒向下的鐵質階梯。

鄭曉彤在詭異的寂靜中，顯然也有些緊張。她看了黑洞洞的樓梯兩眼，用力吞下了一口唾液，「周圍的霧是怎麼回事？我老家宜昌也是江邊的城市，長江船也坐過許多次。可從來沒有在長江航道上遇到過這麼古怪的霧。這濃度，濃得已經不太像霧了！」

「妞妞第一次坐船，還以為長江上冒出這種霧是常有的事情咧。」妞妞裝傻，「姐姐妳懂得真多。」

我撇撇嘴，這古靈精果然有著坑死人不償命的惡劣性格。我喜歡！

「下樓，儘快找船員。」自己簡潔明瞭得吩咐一聲，率先摸索著下樓梯。

變薄的霧只是相對的，哪怕是樓梯間，視線的寬度和廣度也不過擴大了稍許。原本只能看到五十公分遠，現在能往下看到三公尺左右了。

好不容易下了二樓，仍舊是靜悄悄的，沒有任何船員，甚至一個人也瞅不見。

濃痰似的白霧，如同固定在空氣中的顆粒物質，一動也不動。甚至隨著我們三人的行走，也無法撼動它。越是觀察，越是令我覺得它離奇無比。

再順著樓梯間下到甲板處，理應住著三百多個老人，數十個夕陽團的一樓，同樣是安安靜靜的，什麼聲音也聽不到。怪的是，隨著高度的降低，濃霧反而淡了許多。

乾淨的甲板上，一排排的艙門關閉著，原本應該來往忙碌的船員，仍舊一個都沒找到，哪怕是晚上的值班員。

彷彿整艘船，真的死掉了般，僅僅剩下我們三人還活著，垂死掙扎。難道所有人都下船了？不，這怎麼可能，明明不久前還人聲鼎沸，沒有撞船事故，也沒有出現突發意外。怎麼可能在我們不知不覺中，所有人都下船離開了呢？

事情，太詭異了！

我的心一直沉到了谷底，沉甸甸的，瘋狂地跳個不停。

鄭曉彤最先受不了，她感到了事情的嚴重性後，提起嗓子高喊了幾聲：「喂，有沒有人？有誰還在船上，吱一聲啊！」

東方郵輪號上，她的聲音傳沒多遠，就被白霧掩埋。只剩下回聲不停地迴盪在我們的耳腔。

「人都跑哪裡去了？」女孩的臉上閃過一絲驚慌，「船上的工作人員呢？不會他們連通知都沒通知我們一聲，就都跑了吧！」

「可能性不大。」我搖搖腦袋，思緒在腦子中轉了好幾次，卻仍舊想不出個所以然來。

瀰漫的霧氣，顯然在減退，可見範圍又大了些。我的手離開船艙牆壁，往前走了好幾步，迅速抓到了甲板的欄杆。就在這欄杆之外，便是滔滔長江。可是自己聽不到絲毫江水流動的聲音，也感受不到河風的吹拂。

霧氣盤繞在四周，眼睛只看得到白茫茫的一片，始終找不到任何的標的物。就如同東方郵輪號被放在一個封閉的盒子中，連空氣，也死亡了。

我的眼睛耳朵鼻子，一切感覺外在的器官都不斷地湧著難受。難道船上，真的沒人了？自己皺眉，使勁兒地皺眉，最後做了個決定。

「鄭小姐、妞妞，我們三人找三個船艙敲敲看。」我回到樓梯附近，對兩人說。

鄭曉彤點頭，「對啊，說不定他們都睡覺去了。老人家的生物時鐘本來就比我們年輕人正常一些。」

妞妞自然也是同意的，現在而今眼下，也只有這個辦法了。如果一味地找船員的話，鬼才知道那些船員究竟在哪兒。

我們三人隨意地找了三個相連的船艙，同時敲響艙門。空洞的敲擊聲迴盪不休，可沒幾秒後，自己已經鐵青著臉色，阻止了她們：「別敲了，妳們倆過來。」

等疑惑的兩人靠近我，我用力推了推門，船艙的鐵質門發出刺耳的聲響，居然就這麼敞開了。

也不知為何，霧氣顯然進不了房間。敞開的房門裡視線挺好的，還沒等視線擴展，一股老年人住久了都會散發出的獨特氣味便湧了過來。

這個船艙有六張鋼架床。床鋪整齊，床頭掛著些許油紙袋，床下還有老人們的行李。可是房間裡，卻沒有人。

一個人都沒有。行李好好的鎖著，船艙正中央的桌子上甚至還擺放著一些老年人經常需要服用的藥物。老人新陳代謝緩慢，所以體味很重。住有六個老人的封閉房間，滿溢著一股老年人的氣息。

這就意味著，不久之前，房間裡還是有人的。可是這船艙裡的人究竟到哪裡去了？如果真的是下船離開了，怎麼可能不帶走行李，甚至是滿桌子每天都必須服用的藥物？

怪了！甲板上沒人，船艙同樣沒人，人也不像下了船。難道他們聚集到了某個房間？

「去其他的房間找找。」我的腦子陷入混亂，見這個房間找不到線索，便迅速走了出去。

怪異的濃霧，再加上失蹤的老人。狀況急轉直下！不只是鄭曉彤，就連妞妞都害怕起來。

鄭曉彤被船上神秘恐怖的氣氛嚇得嘴唇發白，整個人直哆嗦。

我們三人又回到甲板，找到一個房間敲了敲。門仍舊沒有反鎖，推開門，裡邊的有人活動的氣息撲面而來。行李也在，甚至喝過的茶盅都沒有蓋上，孤獨的冒著一縷水蒸氣。

房間裡，還是找不到任何一個人。

我們就這樣順著甲板的房間，一間一間的找了下去。每個房間都是同樣的模樣，有人住，甚至還殘留著主人的氣味。可偏偏就是沒人！

彷彿所有人真的離開了。

東方郵輪號甲板上幾十個房間，三百多個老人，就這麼憑空不見了。無論怎麼想都覺得有蹊蹺。如果硬要說他們沒離開，只是聚集到船上的某個房間裡。可據我所知，這艘船並沒有可以容納三百多人的房間。

畢竟這艘郵輪的設計很老，也比較小。並沒有太多娛樂設施。

除非，餐廳！

「哥哥，去餐廳看看。」妞妞顯然和我想的一樣，「如果老人們沒下船，就只能留在餐廳了！」

鄭曉彤的腦子轉了一圈，才明白過來，她一臉苦澀：「夜先生，你說我們會不會只是在做夢？」

「別傻了，我們沒有做夢。至少我不覺得這是夢！」我搖頭，帶著兩人再次朝樓上走。

就在這時，不遠處一個黑影一閃而過，見到我們後，居然拔腿就朝相反的方向逃去。

「追！」終於能見到一個活物了，我像是忽然來了力氣，不假思索地拔腿就追了過去。

第五章 鬼水迷航（上）

白霧中的黑影跑得風快，那傢伙個子矮小，背上揹著一個大包，倒是挺靈活的。我不太擅長需要體力的活動，妞妞人小腿短，跑沒一會兒，就眼看著那小個子快要消失在濃霧中。

沒想到鄭曉彤見形勢不妙，一著急，居然爆發出驚人的速度。以媲美專業運動員的姿態迅速衝出去，在小個子男人大吃一驚甚至沒反應過來的時候，一把拽住了他，將他死死按在了地上。

「姐姐，妳好厲害。有練過喔！」妞妞伸出大拇指表示讚賞。

女孩有點不好意思，「姐姐我從小就有種怪病，站在地上頭暈得很，所以要不斷克服眩暈感。或許因為這樣，運動神經比一般人好點吧。」

我沒理會兩人的沒營養對話，而是迅速來到小個子男人面前。這個男子大約四十歲，臉上有歲月和生活艱難磨礪出的大量刻痕，顯然這輩子都在從事重體力勞動，命運也不會太好。

背包在他摔倒後，內容物順著沒有拉好的拉鍊掉了出來。許多黃金首飾、現金和大量值錢物件掉滿地。

「叔叔，你是小偷先生嗎？」妞妞裝出大驚小怪的模樣：「怪不得見了人就跑。」

小個子男人尷尬地笑了兩聲，聲音略微沙啞：「抱歉，抱歉。偷得正開心，結果一不小心碰到了活人，腿不聽話，下意識就逃了。」

慣竊才說得出來的油腔滑調，完全展現了什麼叫死豬不怕滾水燙。

「放開他吧。」我示意鄭曉彤。

女孩不滿道：「可他是小偷啊。」

「小偷又怎麼樣，我們又不是警察。而且現在手機沒信號，也無法報警。」我嘆了口氣，鄭曉彤有點正義感，這反而更加證明了她應該是長期生長在某個封閉地方的猜測。

「果然小哥子，你也發現這艘船出事了啊？」被放開的小偷笑嘻嘻的，在我們面前旁若無人地整理偷來的值錢物品，然後再次揹回背上：「我睡醒後，就發現整船的人都沒了，怪得很。順著船艙一間一間找過來，結果誰也沒找到。這不，一手癢，老病又犯了。嘿嘿。」

小個子男人在沙啞的語氣裡，試圖掩飾自己的恐懼。

鄭曉彤哼了一聲，這個有正義感的女孩顯然不屑和小偷說話。

周圍的霧不斷地變淡，視野逐漸擴大。方圓十幾公尺差不多都能看清楚了。乾乾淨淨的甲板，擺放整齊的繩子以及頭頂那一艘艘救生艇，都安然無恙和平常一樣完整。

甚至下船的銜接口，都沒有打開。

只是沒有人。

一個人都沒有。

死寂的船面上迴盪著寂靜，伴隨著凝結在空氣裡動也不動的矇矓霧氣，我只感覺自己來到了異域。

船上的人，根本不可能是下船走人了。

那麼問題又回來了，他們究竟去了哪兒？為什麼只有我、妞妞、鄭曉彤和小偷男還能留在船上？

不過是一個多小時而已，怎麼可能出現這種怪事！太蹊蹺了！實在是太蹊蹺了！

「哥哥，上次我跟小姨坐上一輛老舊的十八號公車時，也遇到了類似的怪異白霧，還如同進入了異空間。現在的狀況，和當初像極了。」妞妞猶豫了一下，對我揮揮手，將嘴巴湊到我耳邊悄聲道：「夜不語哥哥，你到底，有什麼在瞞著我？」

（詳情參見《夜不語詭秘檔案 703：幽靈公車》）

我啞然，沒敢回答。

「算了，等你想告訴妞妞了，一定要說出來哦。」小蘿莉一臉善解人意的表情，眼珠子卻骨碌碌地轉了幾圈，不知道小腦袋瓜子裡又冒出了什麼鬼主意。

我沒心思想那麼多，轉頭對小偷男問：「我叫夜不語，我妹妹妞妞。邊上那美女叫鄭曉彤。一個小時前我發現船上人失蹤了，就跑下來看看。兄弟你叫什麼？」

「叫我豬哥好了。道上兄弟都這麼叫。」自稱豬哥的小偷想擠出一臉的笑，結果善意沒擠出來，反而讓臉上縱橫交錯的皺紋加深了。或許他的生活，和他的臉，一樣的苦。

我接受了他的名字，「豬哥，你是從哪裡找過來的？」

「二樓。整層二樓我沒見到半個人。一樓的老年人全不見了，總之艙門能推開的我都推開過，反鎖的我沒浪費時間進去。但是，反鎖的艙門很少。能推開的人全都沒了。」

視線越來越清晰，白霧退縮到甲板的邊緣，周圍只剩下些許霧氣還在空氣裡沒來得及散。但是要從甲板往外看外界的風景，還是無能為力。

一個欄杆之隔的船裡船外，完全是兩個世界。船外依舊白茫茫，什麼也看不到。

「你去過餐廳沒？」我繼續問。餐廳就在二樓。

豬哥搖腦袋，「餐廳沒什麼好偷的，我也不餓。」

「那我們去餐廳瞅瞅吧。」我沒再猶豫，還是同樣的想法。如果一船人沒下船而是集中起來的話，就只有餐廳能夠容納得了。但是對此，自己並沒有抱太大希望。數百人聚集在一起，又大多是老人，怎麼可能會不發出聲音。

但這艘船，彷彿是死了一般，寥寂無音。

「餐廳我就不去了，借了這麼多東西，我得回自己房間消化一下，清點清點。」豬哥對自己偷來的東西很看重，他覺得致富有望了。

我搖搖頭，「別急著走，現在船上的情況詭異，誰知道還會發生什麼怪事。大家聚在一起互相有個照應比較好。」

「沒關係，豬哥走南闖北，什麼大事沒遇見過。揣在身上的真金白銀才是最重要的。嘿嘿。」說著他就加快腳步想要離開。

我沒阻攔。可就在這時，右側樓梯上突然走下來一個穿船員制服的年輕男子。那男子一見到豬哥，兩個人同時愣住了。

船員顯然腦袋沒轉過彎，而豬哥一愣之後，再次拔腿便逃。

「幫我逮住他！」船員大喊一聲。

豬哥用力抱住背包，想要越過我們。壞心眼的妞妞偷偷伸出腳，往前一探，豬哥重重地摔在了地上。

「嗚，小偷先生，你踩到我的腿了。痛！」小蘿莉嘟著嘴巴抱怨腳被踩痛了，無辜的表情簡直能將人融化。至少鄭曉彤就被融化了，她狠狠地瞪了一眼被摔得很慘的豬哥，然後心痛地在妞妞腿上呼呼。

船員撲上去，拽住了小偷，「你還跑。昨天我就逮住你關起來了，沒想到被你跑了出來。跟我去警務室！」

我在一旁乾咳了兩聲，「這位先生，不，應該叫你船長先生才對。你是不是應該先替我們解釋一下這艘船，究竟怎麼了？」

這位穿著船長服的男人大約三十多歲，長相端正。貼身的船長服穿在他身上，將他勾勒得極為筆挺。他中規中矩的臉上，神色僵硬：「先生，說實話，我也不清楚。」

「但你是船長鄒慧，對吧？」我略有些不滿：「作為一個船長，你怎麼可能不知道情況。」

船長鄒慧苦笑，「下午五點左右，我覺得身體不舒服，所以讓大副接了我的班繼續開船。現在的船都有自動駕駛，只需要盯著情況就行。等我大約八點醒來時，居然發現身旁一個船員都沒有。就連駕駛室，也沒半個人。」

他環顧了四周一眼，一臉迷惑，「而船，也不知何時停止了。霧太大，我找不到標的物。船上所有儀器都已經失靈，根本沒辦法和外界聯絡。所以到底船怎麼了，自己現在也無法解釋。對不起，作為本艘船的船長，讓乘客遇到這種怪事，是我的失誤。」

面對船長道歉，鄭曉彤略有些不忍：「這事不怪您。」

我和古靈精妞妞不停用眼神交換著意見。

「對了，船上也不是所有人都詭異地失蹤了。除了你們，我在搜查整艘船的時候還找到其他人。」船長說道：「多一個人多一份力量。我們先和其他人會合吧。」

「真的還有其他人？」鄭曉彤一臉驚喜，「太好了，一想到如果只有我們孤零零在船上，我就覺得可怕。」

「剩的人不多，都在餐廳。」鄒慧一手押著豬哥，一邊跟鄭曉彤說話。我們跟在他們三人之後，朝二樓餐廳走去。

「哥哥，那個船長似乎也怪怪的。」蘿莉學我的模樣皺起小眉頭。

我撇撇嘴：「從哪裡看出來的？」

「年齡。作為一艘郵輪的船長，他太年輕了。而且臉上也沒有經常被河風吹，留下的痕跡。」妞妞回答。

我淡然道：「他確實是船長。上船的時候我特別看過職員表。模樣對得上。至於妳說他奇怪，不錯，他確實有點奇怪。」

就在別人身後談論對方，非常不方便。我點到即止，一行五人走得有快有慢，不過因為船艙裡的霧散去，視線好了，整體速度算是加快許多。

幾分鐘後，就來到了二樓餐廳。

果然，偌大的餐廳中稀稀疏疏的坐了人。確切地說，是五個人。每個人都隔了老遠，似乎在相互戒備著。

我們五人一走進去，就吸引了另外那五人的目光。

能夠容納幾百人的餐廳裡，瀰漫著一股奇怪的臭味。再加上窗戶外白霧作為背景，冰冷的人情味顯得更加深刻。人與人的陌生關係，哪怕是在如此離奇的環境中，也很難消除。

「哥哥，有熟人哦。你看那個廢柴大叔，還有那個怕冷先生。哇，今天早晨甲板上講故事的周爺爺也在。好多熟人啊！」妞妞一張臉一張臉的瀏覽過去，故意大驚小怪。

不錯，Madao宅男就坐在餐廳角落中，很遠。但是他身旁的那口巨大的黑色大箱子，仍然顯眼得很，沒有離身。

怕冷男還是穿著好幾層厚厚的羽絨衣，戴著口罩，眼睛一眨不眨地瞅窗外的霧色。六十多歲的周老頭低著腦袋，表情有些怪異。實在不知道他沉默著在想些什麼。

剩下的一男一女我倒沒見過。

不過顯然，兩人是一對情侶。他們打扮得很普通，長相也很普通，兩人年齡相仿，大約只有二十一、二歲，說不定連大學都沒畢業。屬於丟進人堆裡也不見得能撈出來的普通角色。至少，我實在看不出他們有什麼特別。

船長鄒慧先是用束帶將豬哥的手捆起來，扔在餐廳的一角。之後拍拍手吸引大家的注意，「各位都是自己從房間裡出來的，現在出了什麼事情，我也還沒搞清楚，所以沒辦法多作解釋。但這艘船肯定出了問題。目前霧太大，我無法判斷船停在長江的哪一段。而且，也無法和外界聯絡。」

他先用言語讓大家安心，「但是長江航道非常繁忙，一直有船來來往往。所以各位也請放心，和公司的聯絡時間是兩個小時一次。現在快兩個小時了，公司一定會發覺咱們的東方郵輪號出了事。會派人來查的。」

「人都去哪啦，船長你找到了嗎？」情侶中的男子抬頭問。

鄒慧搖頭，「沒找到。整艘船可能就只剩下我們十個人了。」

「該死，船究竟怎麼了？你明明是船長，居然什麼也不知道。」情侶中的女子責備道。她顯然怕得要死，所以情緒也激動起來。

男友輕輕拍了拍她的背。

鄒慧苦笑道：「總之，事情已經發生了。我們暫時團結起來，共同撐過公司找來之前的時間。大家都知道我是船長鄒慧，對吧？我覺得，為了避免等救援前的尷尬，每個人先自我介紹一番比較好。」

這位船長雖然年輕，但是為人處世相當老練，顯然對於處理突發狀況有過嚴格的訓練。

我沒有扭捏，先介紹起自己，「我叫夜不語。這位是我妹妹妞妞，這次我們兩兄妹是一起來旅行的。我身旁的女孩叫鄭曉彤，宜昌人。」

情侶中的男性也大方地介紹起了自己和女友，「我叫宋營，我女友叫張瑩。大學剛畢業。我們不只名字有夫妻相，其實我們是真的準備要結婚。登上這艘郵輪，就是提前度蜜月。」

兩人秀起了恩愛，完全不顧旁邊的 Madao 宅男。

肥肥的宅男撇了撇嘴，非常鄙視地露出「秀恩愛死得快」的惡意。之後竟然深情款款的看了自己的巨大箱子一眼，「我叫吳鈞。啃老族，爹媽死了，女友跑了，出來散心。」

簡介明瞭直中要害，家裡蹲的氣息撲面而來。他人倒是老實。

妞妞捂著嘴，衝著我偷笑，「哥哥，你看那廢柴大叔多要面子。就他那股單身漢的餿味，怎麼想都不像是會有雌性跟他。你猜猜他箱子裡有多少個充氣女友？」

我狠狠在她腦袋上敲了一下。這古靈精，太不尊重單身漢了。人家單身漢也是有人權的。

妞妞的聲音不小，氣得宅男吳鈞直瞪眼。雖然年紀比妞妞大上個二十歲，但卻被妞妞的強大氣場壓住，話都不敢多罵幾句。

裹著數層厚厚羽絨衣的男子沒有摘下口罩露出面容的意思，隔著口罩說話也模糊：「我叫廣宇。」

之後便沒了。

早晨才見過的周老爺子恢復了樂呵呵的慈祥臉，「老爺子我姓周，本來好好地跟我幾個老夥計在 118 號房擺龍門陣。可是人老了，睡眠品質也不好。想睡的欲望來得突然，我就睡了一會兒。結果醒來後，滿船艙的老夥計都不見了。我便出來找，結果瞎轉了半天，只發現了船長鄒慧。我說船長啊，咱們會不會遇到鬼打牆了？」

「鬼打牆？」船長迷惑道：「你是說民間傳說中，那種某某人晚上走夜路，結果一整晚都在原地打轉，走不出來的情況？」

周老頭點了點頭。

「老爺爺，你是不是傻了。鬼打牆我知道，據說是有科學依據的。是一種特殊的地理環境。但這是長江，來來去去只有一條河，一個航道。不是順流而下，就是逆流而上。怎麼可能出現鬼打牆的情況。」宋營看過幾本書，又是新時代的大學生，自然對迷信嗤之以鼻。

「說不準哦，老祖宗的東西，也不是沒道理的。」周老頭仍舊笑呵呵的，話題點到為止。

宅男吳鈞和怕冷男廣宇都沒有參與討論。他們兩個一個話不多，一個根本就不想說話。

「其實我們現在最重要的是，搞清楚自己在哪裡。」被捆了手的豬哥積極發言，完全沒有身為小偷應該有的低調：「船長，現在情況都這樣了，把我放開嘛。一艘船，外邊又被霧遮了眼，我能跑得到哪兒去。」

還沒等他的賴耍完，突然鄭曉彤驚叫了一聲：「大家，你們快瞧外邊！」

東方郵輪號二樓的餐廳窗外，本來就逐漸變淡的濃霧，終於退去了。露出了船外的景色……

所有人都不約而同地向遠處望去，可就只是看了那麼一眼。每個人都露出了驚駭無比的表情。

而我，只感覺一股寒意在身上亂竄，止也止不住。

不錯，霧氣散了，但出現了更加讓人無法接受的事實……

我們搭乘的東方郵輪號所在的周圍水域，變得陌生了！

第六章 鬼水迷航（下）

加拿大。

老男人楊俊飛的名字古怪的「俊飛偵探事務所」的總部中。一個白衣如雪的絕麗女孩，反手倒提著一口巨大的旅行箱走了進來。

旅行箱簇新，但是卻讓人看得不寒而慄。因為箱子的拉鍊處，貼滿了密密麻麻的舊符紙。數量之多足夠引起正常人產生密集恐懼症。

箱子裡有東西不停撞擊著四壁，每當撞到貼著紙符的地方時，就會發出刺耳悚人的慘叫。仍舊雲淡風輕的守護女在加拿大日漸寒冷的天氣中，穿著單薄的白色長裙，一臉淡然地將手裡的行李箱扔向老男人。

楊俊飛嚇了老大一跳，慌手慌腳地接住，「大姐頭，姑奶奶。您可得小心點，這裡邊的東西不得了啊，真跑出來了，您沒事。我們整偵探社的人可會死絕的！」

他吩咐死女人林芷顏將箱子送到殭屍人齊陽守著的「超自然物品」倉庫中。訕訕地給守護女倒了一杯水：「大姐頭，請喝杯水。這個案子辛苦您咯。」

這混蛋卑微的討好態度根本毫不掩蓋。

只要不在夜不語身旁，女孩周身總是充滿著排斥萬物的冰寒氣息，她也不愛說話。

就那麼端著水，坐了下去。

隔了好一會兒，突然，守護女猛地從沙發上坐起。一把拽住老男人楊俊飛的衣領：「主人呢？去哪兒了？」

「他請病假休養去了！」楊俊飛尷尬地努力保持社長的尊嚴，「帶著妞妞呢。有那個古靈精在，肯定不會到處尋花問柳，拈花惹草。」

「你騙我！」李夢月渾身的冰寒瞬間增強了無數倍，總是平淡無波的臉孔，竟然少有的露出了焦急的情緒。

「我真沒騙妳，他確實休假去了。電子假條都在這兒！」老男人感覺到守護女有些不太對勁，立刻認真起來：「他出事了？」

絕麗的女孩蕩漾著不安，甚至連嘴唇都在發抖。

楊俊飛從未見過，如此焦躁，甚至還隱隱透著害怕的守護女。

「無論在，哪裡，我總是能，感覺到主人，存在的。因為我，是他的守護女，我們的命，連在，一起。」守護女陡然將楊俊飛的衣領放開，她的眼中全是迷茫：「可在剛才，主人的，氣息，消失了！」

「那個萬年不死柯南的氣息消失了？」楊俊飛驚得不輕。

李夢月全身的寒氣因為主人的失蹤而失控，整間偵探社似乎都快要凍結在這股精神層面的絕對零度中。

即使楊俊飛不是正常人，也對這狂亂的精神攻擊有點受不住。

就在偵探社的所有人都快崩潰前，寒意突然消失。

「叫上人手，我們，去，那個方向！」守護女兩步來到落地窗前，用手朝西方太平洋的彼岸指了指：「那是，主人的氣息，最後消失，的位置。」

「主人，一定就在，那裡！」

□

長江，長達六千公里，本來我們應該在長江的下游，離開火城兩天多的旅程，過了酆都古城，過了武陵，離雲陽縣並不太遠才對。

按道理講，我們本應該就在這些位置，即使偏離也不可能差得太遠。

但是迷霧散盡後，一切都不太對勁。我們剩下的十人不約而同地望向窗外，可眼前的景象，讓所有人都看傻了。

這裡，到底是什麼鬼地方？

看不到岸！無論是從船舷的左邊，還是船舷的右邊，都完全看不到岸邊。白霧退去得很快，如同一張白紙被人扯開，遠遠地視線盡頭，還是江水。

東方郵輪號就在水中央，具體地說，是一潭死水的中央。船浮在平靜無波的水上，水面一片死寂，根本沒有流動。

入目處，除了污穢不堪的水之外，就什麼也看不到。鬼知道岸在哪邊！

「這是怎麼回事？」船長鄒慧驚訝地張大了嘴巴，久久無法合攏。

宋營張瑩這對情侶好不容易才回過神來，看向鄒慧，「船長，這到底是長江的哪一段流域啊？以前本以為長江水流得很快，結果居然還有不流動的！真是長見識了。」

「我也不知道，這是哪兒。」船長皺眉，瞪大眼睛使勁兒地觀察附近的水面，卻完全沒有頭緒，「我在長江上行船許多年，船舶大學一畢業就在這艘船上工作。可我從來沒到過這片水域。甚至，我根本不知道有這片水域存在。長江沒有不流的水。難道是某一段的支流？」

隨著船長的驚訝，我也在不停打量著周圍。

船死寂的凝固在水之上，不像漂，簡直就像放上去一樣，一動也不動。這片水域的江水雖然骯髒，但能看出和長江水有所不同。長江水偏褐色，而船下的水，卻是黑的。

一直因為整船人的失蹤而折騰，沒有注意到時間。

直到現在遠眺水面，才發現，天，不知何時起，居然已經亮了。但是自己的生物時鐘明明告訴自己，如果我真的是晚上八點離開船艙的，現在應該也不過只是凌晨十一、二點才對。

天，怎麼會亮？

麻麻亮的天空，沒有雲彩。光線只夠稍微看清楚窗外的風景。當然，除了水就是水的地方，也沒有啥風景可言。難道這鬼地方，真的是長江某一段流域的支流？可不要說我，船長鄒慧明顯也懵了。

怪事不斷，狀況益發蹊蹺起來。

「船上三百多人以及船員不見了，結果我們來到了一片連船長都不認識的陌生水域。嘖嘖，這玩笑開得可有點大。」豬哥彈了兩下舌頭。

宋營用力舉起手機，「我的手機還是沒訊號，就連 GPS 都無法搜索到衛星。」我抬頭，建議道：「大家都先去駕駛艙吧。船長，既然現在船上的燈還亮著，證明郵輪的所有設備都能使用。那麼我們試試，看能不能靠駕駛艙的專業儀器跟外界聯絡。」

鄒慧呆愣地不知道在想什麼。

「船長！」我加大了音量。

這傢伙嚇了一跳，這才反應過來。

其他人也沒什麼別的打算，只好跟著一起前往。

郵輪的駕駛艙原則上都在同樣的位置，大約位於船頭，頂層往下的三層或四層之處。東方郵輪號自然不例外。從甲板繞到船頭，一接觸到外界的空氣，每個人都覺得變涼了。

冷得驚人。

「好凍啊！」張瑩抱怨道：「怎麼會突然冷了起來？」

霧散後，似乎將熱量也帶走了。隨著時間的推移，船外越來越亮，但整個天空仍舊是灰濛濛的，加上漆黑如同死去一般的江水，看得人心情煩躁。

外界的溫度，從平均二十多度，陡然降到了只剩八、九度。實在令人無法接受。每個人都凍得直發抖，反倒原本就穿著好幾件羽絨衣的怕冷男廣宇要多愜意就有多愜意。

好不容易穿過寂靜無聲的排排艙門來到駕駛室，船長鄒慧取出幾套船員的衣服讓我們穿上，然後仔細地調試起各種設備。

沒過多久，滿臉失望的他抬起了頭，「各位，告訴大家一個壞消息以及一個好消息。船上的 GPS 以及無線電設備仍舊無法使用，我們沒辦法聯絡外界，甚至，我在郵輪的地圖中也找不到這片水域的具體位置。」

「好消息呢？」宅男吳鈞吃力地安置好他背後的大箱子，抽空問。

船長鄒慧環顧大家一眼，「好消息是，船的引擎沒問題，油也充足。我們可以開船離開。」

「那還等什麼，現在馬上走啊。」張瑩催促道。穿了衣服後，上半身不冷了。可穿著短裙的她下半身依舊凍得難受，只能不停地跺腳。

鄒慧苦笑。

我撓了撓頭，替他解釋起來，「現在，可能還是沒辦法開船。沒有GPS，四周也沒有標的物。我們根本就無法確定方向。」

說著，自己透過駕駛艙的玻璃，再次朝天空望去。灰色的天幕益發光亮，但是除了灰色，仍舊什麼標的物也沒有。甚至我都無法判斷，頭頂上那灰暗的物質，是不是雲。

在這個無風、水不流動、幾乎無聲的鬼地方。我感覺自己就像被關在盒子裡的寵物，無時無刻都被一雙恐怖的大眼睛觀察著。

一想到這兒就不寒而慄。

「沒錯，所以我接下來就是想詢問大家的意見。我們，到底要朝哪個方向開！」鄒慧乾咳了兩聲，感激地看了我一眼。

在這種敏感的情況下，作為船長，他必須小心翼翼。

話音落下，所有人都沉默了。

「朝那邊開！」半分鐘後，大家又冒出了聲音。紛紛指著自己覺得應該起航的方向。十個人竟然指了十個方位！

這狀況，每個人都覺得有些訕訕。

我敲了敲桌子，引起注意：「還是聽我的吧。」

「為什麼要聽你的？」宋營不滿地瞪我。

「如果我猜得沒錯的話，所有人的手機都出問題了，對吧？手機功能正常，但是GPS無法使用，時鐘也全停在八點。」我淡淡道。

聽到我的話，所有人都急忙掏出手機。

「果然和夜不語說的一樣，我的手機停了，時間確實停在八點。怪得很。」宅男吳鈞一臉怪異，「可夜不語先生，你是怎麼知道的？」

每個人都確認了我的話，同樣非常驚訝。

「所以說你們也只能聽我的了。因為我有這個。」我伸了伸右手，露出一只隻機械錶，「通常如果在海上迷航，無法判斷方向時。那麼把當時的時間除以二，得到的數字的指針對準太陽的方向，則十二點所對的方向即為北方。」

我一邊說，一邊調整手錶上的指針，「例如，這手錶顯示，現在是早上七點。七除以二得三點五，把三點半的位置對準太陽的方向，則十二的方向就是北方。」

「可是現在沒太陽啊。」宋營被我專業解釋唬得一愣一愣的。

「確實沒有太陽，但是我們既然都迷航了。那麼就只能假定太陽在哪兒，之後便鎖定那個位置。這樣的話，至少在往後的行船過程中，都能沿著直線走，不會繞彎。」

我撇撇嘴：「況且，大家總是需要一個揹黑鍋的人。如果我真的指錯了路，到時候歡迎大家罵我。」

直白的實話令所有人一愣。

船長鄒慧摸著鼻子，乾笑著開口贊成，「夜不語先生說的辦法，確實也是現在最好的方案。」

見開船的都贊成了，其他人也沒有再說什麼。船的引擎成功啟動，螺旋槳旋轉著破開平靜的死水，開始朝我指的方向駛去。

在沒有標的物的地方行船是非常枯燥的，根本看不到風景。駕駛艙中的每個人，都找了各自感覺舒服的地方坐下，安靜地各想各的事。

妞妞這個古靈精也沒閒著，她偷偷扯我的耳朵，認真道：「哥哥，現在，真的是早上七點嗎？」

我看向她，最終，搖了搖頭：「不是。我瞎說的。」

「幾點停的？」小蘿莉的臉色頓時不好了。

「我發現起霧，滿船人失蹤的那一刻。機械手錶，似乎就停了。」我扯了扯嘴角，滿是苦澀，「昨晚八點二十三。只比手機上的時間，多走了二十三分鐘。」

「所以說時間是錯的，太陽的位置也是假定的。」妞妞的語氣在發抖：「那這艘船，真的能準確地一直向前開嗎？」

「鬼知道！」我結束了對話，眼神一直射向前方。

黑得發紅的水一直都沒有波瀾，東方郵輪號根本就不像是在水面行駛，而像是在冰上滑動。黑水濃得殷紅，如同發酵的血，污穢不堪。

船在前進，卻沒有目標。不知為何，我竟然升起了一股不祥的預感。或許我們永遠也找不到陸地，到不了岸。我們所有人都會死在船上。

沒有人，能離開！

整個世界，只剩引擎和螺旋槳在傳遞出還活著的聲響。單調，枯燥，令人發狂。在這個智慧型手機普及的年代，時間作為智慧型手機的最基本功能，似乎從未有人在意。可以一旦這個功能消失了，甚至只有這個功能故障。

明明還能看手機中存的影片和小說，卻沒有人有興趣翻看。無聊的人在檢查手機出了什麼問題，不無聊的人，卻在發呆。

沒有工具衡量計算流逝速度的時間，非常難熬。

隨著船的前進，天空越發的亮起來。但是視線所及的範圍，仍舊只有水！水！水！骯髒的水！江面上什麼也沒有，也不清楚究竟走了多遠。

我始終觀察著船外的情況，越看越搞不懂究竟是怎麼回事。天空灰濛濛的，天幕壓得很低，看得人心臟極為壓抑。

就是這灰濛濛的天，我實在無法形容那究竟是啥玩意兒。說是天空，卻沒有一絲天空的模樣，如同一張貼在天際的慘白的紙。

「哥哥，我有一點怕。」旁邊的妞妞畢竟是小孩，在這詭異的江水上，她緊緊靠著我。不遠處的鄭曉彤抬頭，幾步走了過來，「夜不語先生，妞妞。你們覺不覺得，這片水域有古怪？」

她的臉色，很嚴肅。

我點頭，「同感。」

「我懷疑，這裡已經不是地球了！」女孩非常認真。

妞妞眨巴著眼，「姐姐，妳的意思是我們被外星人劫持了？」

「小妹妹，我沒有在開玩笑。」鄭曉彤用力地咬了幾下嘴唇，似乎下了個決定：「我要告訴你們一件事，一件關於我的很重要的事。我從小就得了一種怪病。據說全名很長，但俗稱『自轉病』。我暈地球自轉。只要是在平地上、或者不晃動的地方，如果我不吃一種特定的藥物的話，就會噁心發吐。」

鄭曉彤說的事，我和妞妞早在上船時猜過了，倒是沒有怎麼驚訝。可我沒搞明白，她現在為什麼要突然認真地說出來。

「一般而言，長江的浪很大，東方郵輪號很小。所以足夠顛簸，我的病是不會犯的。所以上船後，我就沒有再服用藥物了。」女孩臉上露出了恐慌，「但剛剛自己突然意識到了一個問題。」

她看了外邊一眼，「船在這個流域完全沒有風浪，也一直毫不搖晃地停了那麼久。

而沒有服藥的我，居然沒有暈地球自轉。這怎麼可能！我的病我知道，病得很重。絕對不可能出現如此穩定的狀況。除非……」

我和妞妞突然全身發冷起來。

「除非，妳感覺不到地球自轉了？！」我寒毛直豎。

鄭曉彤點頭道，「所以我才會猜，咱們或許已經不在地球了。」

「如果這裡不是地球的話，又該是什麼地方？這裡的空氣我們能呼吸，有水，雖然水有些骯髒。還有溫度，雖然稍微冷了一些。」妞妞用力搖腦袋，顯然覺得這個推斷不成立。

而我也覺得可能性不大：「對自轉病我有一些瞭解。患有這種病的人的感覺，完全是靠內耳渦中測量平衡的液體來判斷發病與否的，非常主觀。我猜測，妳的病沒有發作，或許是因為地球的經度和緯度變化了。」

「什麼意思？」鄭曉彤沒聽明白。

「意思就是，妳的病主要受到地球自轉的影響。但是，坐船就真的能抵抗地球自轉了嗎？妳從前最遠去過什麼地方？」我問。

鄭曉彤臉紅了，「因為這種病，我去過的地方很少。」

「那海南的三亞去過沒有？」我繼續問。

女孩猛地聽見這個地名，險些乾嘔出來，「我母親曾經說那裡空氣好，或許對我的怪病有幫助，所以帶我去過。結果一下飛機我就吐了，即使增加藥劑量都不怎麼管用。沒出機場，我就趕緊坐飛機回家了。」

「這就對了。妳的病是不能去三亞的，因為三亞是國內離赤道最近的城市。越往赤道走，地球自轉速度越快。只有在北極，那裡基本上不會受到地球自轉的影響。也只有在類似北極的經度和緯度，妳才會不再暈地球自轉。因為妳在地球的軸線上。地球的軸線，不會自轉。」我緩緩道。

鄭曉彤瞪大了雙眼，「夜不語先生，你的意思是，我們還在地球；但卻已經到了北極附近？嗯，這樣一想，似乎也有可能。畢竟外邊挺冷的。怪了，明明昨天晚上我們還在長江的主航道上，怎麼會一夜之間就到了北極？長江有通往北極的支流嗎？」

還沒等我說話，在附近開船，並一直偷聽的船長鄒慧反而先開了口：「鄭曉彤小姐，長江根本就沒有通往北極的支流。」

大家再次沉默了起來，現在的狀況猜測來解釋去，似乎完全找不到突破口。

鄭曉彤在一旁默默地想心事，突然又道：「夜不語先生，你說我如果去北極定居的話，病會不會好？」

「這個我不曉得，但是在那兒，妳確實不用吃藥也不會再犯病了。」我認真地說。

女孩咬了咬嘴唇，「那我要去北極，這次回家後，砸鍋賣鐵都要移民到北極。那個該死的M，居然騙我說，只要在前幾天的凌晨零點，上了東方郵輪號，自己的怪病就會好。原來還有這麼簡單的方法！」

她的話音剛落，我整個人都跳了起來！

「M，妳是說M？」我死死地抓住了女孩的胳膊，「妳是說一個叫做M的人，要妳上船，上東方郵輪號？」

鄭曉彤不明白我為什麼突然變得如此激動，害怕地道：「我是說過啊。」

「妳認識M？他是誰？是男是女？」我的聲音幾乎變成了吼叫。

「我不認識他。」女孩使勁兒地搖頭：「我真不認識。那個傢伙不知為何清楚我的病，傳了一則簡訊給我。說只有在東方郵輪號上，才能找到治病的方法。咦，難道，他指的是你，他是你朋友？」

我皺著眉頭，越想越不對勁兒。於是轉身，面向所有人，用最大的聲音問道：「你們還有誰認識M？」

大家愣了一會兒，最後包括船長鄒慧，幾乎所有人都舉起了手臂……

我的大腦呆滯了。

該死，這究竟是怎麼回事？

第七章　死亡停留

古人說，人總是在栽了跟斗，摔得渾身是傷之後，才知道什麼是痛，才明白什麼是成長。只有痛過、傷過之後，我們才會懂事，才會長大。

但事實上，痛過傷過，並不一定會令人成長。反而，傷痛會成為心病，告訴你這個世界，其實充滿了森森的惡意。

而時間也不一定是檢驗真假的最好辦法。假的雖然會很快褪色，但真的也不一定會保持永恆。如果將真的假的放在一起，假的肯定會染色，真的讓你真假難辨。

那個神秘的M一直留言給我，提醒我這個危險，那個危險。他的紙條落款上，永遠寫著這麼幾個字，「你的朋友M」。

但他，真的是我的朋友嗎？他為什麼要讓我登上東方郵輪號。這艘船為什麼在一場迷霧過後，所有人都失蹤了。只剩下十個人還留在船上？

而最詭異的是，剩下的十個人，還全都認識這個叫M的神秘傢伙。哪怕是用膝蓋想，都覺得必然有問題！

「我不清楚自己知道的M，和你們認識的是不是同一個人。但在不久前，確實有一個M，要我在三天前的凌晨十二點，登上東方郵輪號。」我面對大家，簡單且避重就輕地解釋自己為什麼上這艘船，「大家如果方便的話，談談你們認識的那個M吧。」

宋營舉起手，「這倒是沒什麼好遮掩的。我和女友準備結婚前，正籌劃去哪裡度蜜月。結果一個自稱是M的人打來電話，說我們參加網路抽獎活動，中了九天八夜的雙人郵輪旅遊。」

小偷豬哥訕笑道：「那個M據說是我哥們的朋友，他跟我說，到這艘郵輪上能發財。我就來了。」

「M傳訊息要我來的。」廢柴男吳鈞顯然不願意透露太多：「他說在這艘郵輪上，能夠解決我的問題。」

怕冷男廣宇同樣言簡意賅，「我的原因，和宅男一樣。」

我看向周老頭和船長。

船長鄒慧乾咳了兩聲，臉色有些不太好看：「本來我已經被調到其他船工作，可一個叫做M的人，開出了很不錯的條件要我開這艘船。我接受了。」

「老頭子我突然收到了一張旅遊船票，落款是M。老頭子一輩子沒過過好日子，節儉呀。本著不能浪費的心態，就來了。」周老頭樂呵呵地笑著，眼神卻極快地閃爍了幾下。

每個人都有各自上船的理由。在每個人的理由中，那個M都扮演著不同的角色。可是他為什麼，要將我們十個人，在同一時間湊齊在同一艘郵輪上？

無論怎麼想，都覺得不是什麼好事。

「還有一個問題，你們有誰親眼見過M嗎？他長什麼模樣？是男是女？幾歲？」

我想了想，問出了這個最關鍵的問題。

果不其然，所有人都搖搖頭。沒人親眼見過M。神秘的M依然神秘，甚至他將我們聚攏在一起的目的也不明。

M，到底是敵是友？是想幫助我們，還是在設計一個巨大的陰謀？

到了這一刻，我反而糊塗了！

但我唯一能夠確定的是，每一個留在船上的人，都絕不簡單，各有各的故事。根本沒有他們剛剛提及M時那麼的輕描淡寫。甚至隱瞞了太多的東西。哪怕是我，也同樣如此。

船內再次死寂下來，沒人願意開口多說。時間再次流逝，可沒過多久船長揮手叫我，「夜不語先生，你過來一下。」

自己走了過去，鄒慧一臉苦澀：「出問題了。」

「出了什麼問題？」我皺皺眉。

「我剛剛大概算了算時間，我們一直往前行駛了三個小時。這艘船全力行駛的速度大約是每小時三十節。這裡的水面平靜，想高速行駛很容易……」

沒等他解釋完，我就明白了，「你的意思是說，我們已經朝同一個方向行駛了至少一百六十五公里。可是卻依然沒有接近岸邊的跡象？」

船長點了點頭。

周老爺子吃驚道：「老頭子走過長江。長江流域似乎沒什麼水域，有直徑超過一百多公里的。」

我的臉色同樣不太好看，「沒錯！長江最寬的地方，就是在入海口北岸的位置。那兒的寬度倒是接近兩百公里。但是，這裡明顯不是入海口。水流速度沒那麼快。如果非要說是因為濃霧迷航了，船通過某個支流進入了死水一般的寬廣湖泊……」

自己在駕駛艙中找到了一幅長江水域的地圖，用手比劃了幾下：「支流連接的最大湖泊應該是鄱陽湖。需要過宜昌、武漢、九江。離我們迷航前的距離，至少有四天路程，還要途徑三個重要的世界級大水壩。這根本不可能。最重要的是，鄱陽湖最寬處也不過七十多公里，而且現在是枯水期，湖底的草長得比人都高了。所以這裡肯定不是鄱陽湖。」

說到這裡，我頓了頓，「所以我現在有兩個猜測。一，或許我們進入了某個隱秘的，至今未被發現的長江支流水道，而且經度緯度極為接近北極。所以鄭曉彤小姐的病才沒有發作。」

「第二個呢？」宋營問。

「各位聽過一件匪夷所思的著名事件嗎？一九八五年，一架四十八年前由菲律賓飛往民答那峨島失蹤了半個世紀的客機，在新幾內亞的沼澤中被發現。令人無法理解的是，這架飛機看來就像它失蹤時一樣嶄新。」

我繼續說道：「在機艙內找到的報紙，日期是一九三七年一月的第三個星期日，保溫瓶內還有滾燙的咖啡，但是飛機上所有人，都失蹤了。哪怕翻遍了整個沼澤，警方都沒有找到任何一個罹難者的屍體。你們覺不覺得這個故事，和我們現在的情況，極為相像？」

每個人都將我的話放在腦子裡轉了一圈，努力理解。

「哥哥，你的意思是，我們現在陷入某個如同百慕達三角洲的特殊地理環境中？」還是妞妞聰明，很快就明白了。

我點頭，「地球上的謎太多了，誰知道有多少百慕達三角洲隱藏著。何況這古老的長江流域本來就極為神秘，每一條支流，都充斥著無數離奇的，關於時間和空間的神話傳說。」

船長鄒慧同樣也在看地圖，「可是現代科技昌明，衛星照過地球上每一寸的土地，船上的地圖也非常精確。我可找不到任何足夠隱藏那麼大湖泊的空間。」

我聳了聳肩，「別太相信你眼皮子底下的地圖，目前全世界廣泛使用的地圖，出自四百多年前一個名叫傑拉杜斯·麥卡托的製圖師。」

「他於一五六九年發明的『麥氏投影法』一直沿用至今，我們所熟悉的世界地圖，包括網路上的電子地圖也一直是這個樣子。然而，這種製圖法有個嚴重的缺陷，從某種意義上來說，我們司空見慣的地圖其實是錯誤的。」我用手敲著地圖，「因為這種地圖，讓我們只看到我們希望看到的東西。」

張瑩拍了拍手，打斷了我們的討論，「事情都已經這樣了，先別聊我聽不懂的東西。有誰餓了，我們去餐廳找點東西吃。」

聽她這麼一說，我才發現自己居然早餓了，不過眼下的狀況實在異常詭異，所以拚命忍著。

「先去吃東西吧。」船長打開東方郵輪號的自動駕駛模式，一群人頂著室外的寒冷，朝二樓的餐廳走去。

可沒想到等我們真的開始尋找食材時，竟然發現了更加可怕的事實。

「這怎麼回事？」餓到受不了的張瑩進了廚房，拉開冰箱。之後整個人都嚇呆了！偌大的冰箱裡擠得滿滿的食材，全都腐敗了。

郵輪每天需要做三、四百人的飯菜，供應量大，所以準備的食材數量也很多。廚房冰箱裡只存放著需要當日食用的材料。可一排一排整齊排放的各種食材都呈現腐敗的狀態，隨著冰箱門開啟，劇烈的惡臭味撲面而來。

首當其衝的張瑩彎下腰，直接嘔吐不已。

「怎麼會腐敗得如此徹底？」船長鄒慧臉色大變，「明明採購的是新鮮食材，儲存時間不會超過四天。而且我們從出現變故到現在，也還不到一天。哪怕是正常情況，做好的食物也無法腐爛得這麼恐怖。」

我湊過去，忍著驚人的惡臭，看了幾眼，搖頭：「都不能吃了。去冷凍庫看看。郵輪的冷凍庫通常是零下十幾度，放在裡邊的食品半年都壞不了。」

話雖然是這麼說，但自己心中，卻升起一股極為不祥的預感。一行人匆匆忙忙地穿過廚房後門，將冷凍庫打開。厚重的金屬門將那維繫生命的封閉空間封鎖得很好，可是當那層厚厚的門打開時，所有人都絕望了。

冷凍庫裡有食物，大量的食物。可是不知為何，儲存的食物也全都發霉了。肉是灰敗的、菜葉是灰敗的、水果也是灰色的。噁心的灰暗爬滿了所有食物，一如船外那慘白的消極天空。

「怎麼可能！」張瑩哆嗦著，抱著腦袋，「什麼吃的都沒有了，我們該怎麼辦。如果找不到陸地，難道我們會餓死在這艘該死的船上？」

「餓不死的，來，喝口水吃點零食充饑一下。」她男友安慰了兩句，從隨身背包中掏出零食和水給她。

張瑩用力喝了兩口，情緒才緩和下來。

我觀察著冷凍庫內的情況。東方郵輪號的冷凍庫並沒有出問題，仍舊在不停地製造涼氣，寒風在冷凍庫中「呼呼」吹個不停。冷得人靈魂都要凍結了。可是明明溫度極低的儲存空間，食物為什麼會壞掉呢？

我看著食物表面的灰白顏色，蹲下身，伸手準備拿起一顆蘋果瞧瞧。可是手指剛接觸到蘋果，整顆呈現著不規則圓形的水果，居然崩塌下去，變成了一團灰燼。

「食物不是腐爛……」我瞠目結舌，好半天才結巴地說道：「是因為儲存時間太久，風化了。」

「風化？」豬哥扣了扣頭：「我學歷不高，你可別騙我。據說風化要花很長的時間。」

我的嘴唇用力抖了幾下，完全無法掩飾內心的震驚，「確實需要很長。以這顆蘋果而言，如果要達到維持形狀但構成物質卻已經粉末化的狀態，至少要在密閉空間放上一萬年。」

「一萬年！」所有人都搖頭不信。甚至連我，都無法接受這個推論。

船還那麼新，怎麼可能已經風化了一萬年呢。還是說，僅僅只是船上的食物，由於某種現在無法解釋的緣由，在短時間內出現了類似於風化效果的結果？

資訊太少，自己實在沒辦法繼續推論下去。

「食材無法用了，去販賣部找點東西吧。」鄒慧在廚房又找了找，最終沮喪的發現所有食物，哪怕是油醬醋米都不能食用了。其他的東西都還好，鍋碗瓢盆嶄新如初，彷彿壞掉的就只有能進嘴的吃食。

「既然宋營和張瑩帶的食物能吃，那麼販賣部的零食應該也能填肚子。」船長解釋道。饑餓也是一種非常主觀的原罪，一旦你感覺到餓了，大腦就會不斷地分泌饑餓激素，告訴你身體需要營養，哪怕其實你的身體並不餓。但是這種激素會影響你的判斷、刺激你的神經，令你的脾氣暴躁。

至少我們十人中，有幾個人就因為餓而情緒糟糕起來。

大家從二樓朝一樓移動，販賣部在東方郵輪號一樓甲板的後側。自己也曾經去過，規模還算可以，類似城市中的小型便利商店。

離開溫暖的餐廳，窗外陰冷的空氣顯得更加冰冷了。寒意裡無數空氣粒子猶如一把把看不見的刀，甚至能透過單薄的衣服，割進肉內。哪怕是仍舊沒有一絲的風，也冷得人無法承受。

咦！什麼時候又開始沒有風的？

我向下看著水面，水沒有被船掀起波瀾，「船長，船怎麼突然停了？」

「我沒有把船停下啊！」鄒慧也向船外望去。果然，船不知什麼時候，已經停住了。在這平靜無波的水面，停下的船一片死寂。倒映著天空的灰敗，彷彿就連我們這些活人，都隨之一同風化！

「怪了，難道是自動駕駛出了問題？」船長十分不解：「只有遇到系統無法解決的狀況，自動駕駛才會緩慢地自動停船，切換為手動模式。可這條水域寬廣又無遮無掩，不可能出現擾亂系統的事情才對。」

「先別管了，餓死了。找東西吃。」餓餓對身旁人的影響，比想像中大得多。一直不愛說話的胖子宅男吳鈞也急不可耐起來。

大多數人都附和了他的話，想要先找到吃的填飽肚子。大家沒在意船，一股勁兒地朝販賣部跑。

妞妞特意拉著我，落到了最後邊，「哥哥，夜不語哥哥。現在事情都糟糕成這副模樣了，妞妞根本不清楚能不能活著回去。你該把隱瞞我的事，告訴妞妞了吧。這次旅行，你究竟為什麼帶妞妞來？」

我從喉嚨深處發出了一些模糊的聲音，卻始終艱難地難以開口。只是視線朝前邊兩公尺外的鄭曉彤瞄了幾下。

「果然是和小姨有關！」妞妞臉色一變。

「不錯。」我沉吟了一番，最終還是決定將自己發現的事，說出來，「在上一個案子結束時，我就收到一封信，對方自稱是M。他說我的守護女李夢月有危險，雅心的勢力希望借助從她身體裡得到的東西，設計某種陰謀，還說我如果不信的話，就去看看時悅穎的棺材！」

我苦笑。現在看來，果然輕易地相信一個連真面目都不敢示人的傢伙，絕對是大錯特錯的。否則自己也不會落到如此莫名其妙的境地。

「小姨的棺材裡到底有什麼？」關係到自己所剩不多的親戚，小蘿莉不由得急起來。

我神色陰沉，「棺材裡什麼也沒有。」

「什麼也沒有？」妞妞先是有些疑惑，之後整個人都跳了起來：「屍體呢？」

雖然國內早已經實行火葬，但是時悅穎老家時家嶺依然奉行著肉身葬的傳統，而且根據族規，必須要完整地執行。

時悅穎和妞妞都是因封印著陳老爺子的某根骨頭的能量而滋生的，陰魂罐中的生命。誰知道不遵循傳統，會出現什麼可怕的後果。

所以我花了好大的功夫，瞞天過海，才將她的屍身完整地埋進墓園中。

「妳的小姨，她的屍體，不見了！」我緩緩將這幾個字從喉嚨中吐出，整個人都有股虛脫感。

「哥哥，你的意思是，小姨有可能並沒有死？」小蘿莉的眼睛在發光，臉上流露出狂喜。她的視線和我一般，最終落在前方的鄭曉彤背上。

「她會不會，就是我的小姨？」妞妞咬著嘴唇：「從背影到氣息，實在是太像了。」

「這也是我在思考的。為什麼M要讓我去看時悅穎的墳墓？為什麼他要讓我踏上東方郵輪號。而船上，有一個只需要將臉微調一下就幾乎和時悅穎一模一樣的女孩。」

我摸了摸下巴，猶豫不定，「這實在太讓人生疑了。究竟那個M，想幹什麼？」

「不管他想幹什麼，總之妞妞有了目標。我要旁敲側擊，看看這位鄭曉彤姐姐是不是小姨。如果她失憶了，被人調整了模樣，灌輸了新的記憶的話。那些記憶，不可能是無懈可擊的。」高智商的妞妞其實是很可怕的，一旦決定了一件事情，什麼都無法阻止。特別是她因為坎坷的人生經歷，造就了心機深沉又扭曲的性格，讓人防不勝防。

不管妞妞在小腦袋裡策劃什麼，我們都沒停下腳步。

十幾分鐘後，販賣部到了。

打開門，大家魚貫著湧進去。每個人都迫不及待地從貨架上拿水喝，取下餅乾充饑。宅男吳鈞打開飲料猛灌進嘴巴中，正準備向胃裡嚥。可不知從哪裡冒出的腐爛噁心味突然瀰漫了味蕾細胞。

之後引起嘔吐的過激反應，吳鈞「哇」的一聲，將飲料全吐了出來。

「怎麼賣過期的東西！」宅男憤怒道。

不只是他，所有將食物塞入嘴巴的人都沒有通過喉嚨的關卡。每個人都因為嘴巴中味覺器官的難受而大吐特吐。

「東西全部過期了，不能吃了！」宋營也在嘶吼，他將手裡的餅乾扔在地上，用力踩了幾腳。

周老頭扯了張紙擦了擦嘔吐過後的骯髒下巴，看了眼手中食品的包裝：「還是三個月前生產的，保存期限十八個月咧。那味道，比老頭子我的年齡都還陳年。小鄒啊，你們公司的船全都奸商。」

鄒慧的嘴唇在發抖，額頭上的冷汗也一滴一滴的往下流。船的採購是需要他簽字的，他怎麼可能不清楚食物的日期。這些零食明明是從有信譽的廠商採購，三天前才統一補過貨。該死，船到底怎麼了？為什麼怪事發生了一樁又一樁！

鄭曉彤還算比較理智，她沒有咒罵，而是冷靜地說：「前天我還在販賣部買過零食。這種薯片，我當時吃的時候，並沒有問題。不應該不到兩天，同一批的零食就不能吃了。」

她拿起一包薯片，很是不解。

我同樣也拿了一包餅乾，拆開看了看後，又走到了生活區。將兩種生活用品打開，分別用手捏了捏。

憑著手指傳來的觸感，我瞬間臉色大變！

「船長，快去駕駛室！」我的聲音急促無比。

鄒慧見我鐵青的臉，有些懵：「去駕駛室幹嘛？」

「船，快開船。再不快一點，恐怕我們所有人都會，死掉！」

我不由分說地拽著他，帶著所有人朝駕駛艙跑去。

陰暗灰敗的天空，風化的食物，腐敗的垃圾零食。一切的一切，都在預示著不祥。

如果真的如同我猜測的那樣，就麻煩了。

東方郵輪號如死了般暫停在水面上。

一同垂死的，是我們的命！

第八章 降維攻擊

這個世界從來都不是公平的，邪惡的東西，也從未像是表面上那麼明顯。惡意，隱藏在空氣裡，隱藏在人心中，看不見，摸不到。直到它在你背後探出刀子，突然刺入你身體時，你才會發現，原來危險其實近在咫尺。

東方郵輪號上致命的危機，遠不是迷霧過後人消失了那麼簡單。迷航的我們，也不只是面對餓肚子和找不到人煙以及江岸。

更可怕的事情，其實一直潛伏著。正在船上滋長！

「夜不語先生，你究竟在怕什麼？」見我跑得飛快，不停地要求船長鄒慧立刻去駕駛室，所有人都摸不著頭緒。最終還是多話的宋營先問出了口。

「你拿一點隨身帶的零食和水，給女友吃。」我急促地邊跑邊吩咐。

宋營遲疑了一下，結果還是照做了。他從身後的背包裡取出女友剛剛才吃過喝過的礦泉水和零食，遞給了張瑩：「乖乖，吃一些吧。看看夜不語在搞什麼鬼。」

張瑩不滿地咕噥了兩句，接過去，吃了一點：「沒什麼啊。夜不語，你究竟什麼意思？」

「味道怎麼樣？再吃一些，不要吞，在嘴裡感受。」我叮囑。

「裝神弄鬼。」她撇撇嘴，又將礦泉水瓶打開。水喝下去，仍舊沒有任何感覺。可是等吃到零食時，女孩的臉上流露出一絲怪異。

「味道變了，是不是？」我的眉頭皺起來。

張瑩驚訝道：「你怎麼知道？和剛剛比起來，確實味道有些不太對了！我的味覺出了問題？」

「妳的味覺沒有問題，是食物出問題了！」我一字一句說道：「剛剛在販賣部的時候，自己就已經開始懷疑。為什麼有問題的偏偏是食物？廚房冰櫃冰箱裡的食物風化腐敗了，但是用具器物卻嶄新。販賣部中的零食以及飲料也變味了，但礦泉水卻沒出事。越想我越有不好的預感。」

每個人都在聽我解釋，他們搞不懂我到底想表達什麼。但隨著我的解釋，有些腦子靈活的，神色也逐漸不好看起來。

「其實不只是食物有問題。」我頓了頓，語氣僵硬，甚至還透著一絲恐懼：「我在販賣部的生活用品區，拿了兩種洗髮精。一種是純化學不含有機物的，一種是含有有機物配方的。你們猜怎樣？後者，已經變成了彷彿稀泥的玩意兒，惡臭不堪。但是前者，卻保持著原樣。」

妞妞的嘴唇抖了幾下，驚駭道：「哥哥，難道這艘船上的所有有機物，都在變質？」

「沒錯。雖然我不太清楚變質的原因，但很明顯的，我們身上帶的有機物變質風化的速度比船上的慢。而且，開始變質的時間，就在船停下的時刻。」我緩緩道。

「這、這怎麼可能？」所有人都瞠目結舌，難以置信。

鄭曉彤算是有些知識，「夜不語先生，你的意思是說船上有某種微生物，在腐蝕所有的有機物質？而且，只有船停下時，微生物才會活動。而開船後，腐化就會停止？」

「這是我的猜測，準不準，我不清楚。但可能性極大。」我嚥下一口唾沫，扔出了最重磅的話：「最可怕的是，食物是有機物，腐爛了也沒什麼，至少還有水可以喝。但船上最大的有機物並不是食品，而是……」

「人類。」妞妞的視線在每個人身上停留了一下：「我們十個人，才是船上最大的有機物集合體。如果食物在腐爛，那麼說不定在船停留的那些時間中，我們所有人的身體，在某個看不見的部位，正腐爛風化著。」

話音一落，全部人都不寒而慄。接著饑餓也顧不上了，拚命地邁開腳步朝駕駛艙跑去。

氣喘吁吁用幾乎破了世界長跑紀錄的時間，大家東歪西斜地跌入駕駛室中。船長鄒慧驚魂未定地撲到操縱台前啟動了引擎。

「自動駕駛系統似乎碰到了水底下的某種東西，才自動停了下來！」鄒慧感覺渾身都不舒服，彷彿每個細胞都在腐朽。

那種來源與精神層面的痛楚，實在不清楚是不是僅僅只是幻覺。當螺旋槳再次掀起浪花，船緩緩地向前行駛時，每個人都鬆了一口氣。七零八落地斜躺在地上粗喘著氣。

船，又一次往未知前進。實在不知道這片水域的盡頭在哪裡！

「夜不語先生，我們怎麼知道你嘴裡提到的可怕細菌是不是真的存在呢？」宋營邊喘息，邊害怕地問。

「是真的！」周老頭突然打斷了他的話，他將衣服袖子提起來，露出了手臂：「剛剛就覺得手不舒服，看了一眼，居然成了這副鬼樣子。」

周老頭的手臂上，有一塊直徑五公分左右的灰敗色塊。如同發了霉般，張牙舞爪地鑽入皮膚中，噁心得很：「似乎船一開動後，就不再痛了。」

看著這驚悚的模樣，剩下的九個人都緊張地檢查起自己的身體。不久後，所有人都驚恐地發現，果然身上幾乎都有大小不同的灰敗斑點。那些黴斑似的玩意兒雖然沒有再擴散，但顯然，不久前，還在自己的肉體上滋長蔓延。

「該死。我們該怎麼辦？如果真的是船一停，這種怪異細菌就會長個不停。那麼我們根本撐不了多久！」宋營嘴唇哆嗦著，神色慘白。

他女友的表情也沒好到哪兒去。

「好餓啊。」張瑩站起來，神經崩潰地到處走。自己帶著的零食不能吃了，她餓到彷彿犯了毒癮，抱著身體，咬著手指。最終，她的視線落在了駕駛艙角落那宅男吳鈞帶著的巨大箱子上！

女孩不停地咬著自己的手指甲，將嘴巴湊到男友耳邊，一邊瞅吳鈞，一邊低聲說著什麼。宋營猶豫了一下，最終還是點了點腦袋，朝宅男走去。

「哥們，你的箱子裡裝了什麼？有沒有多餘的零食，沒有壞掉就分一些給我女友吧。謝了。這麼大一箱子吃的，你一個人也吃不完。」宋營擠出笑容：「我出錢買。」

一提到自己隨身帶、體積快要趕上正常人大小的箱子。本來經常流露出事不關己態度的宅男，突然情緒激烈：「我的箱子裡沒有吃的。」

他緊張地用力抱住自己的大行李箱，彷彿一放手，最重要的東西就會被奪走。

宋營訕訕地撓了撓頭，可離他不遠的女友實在忍不住了，發出尖銳的聲音：「胖子，你明明就是死宅男胖子。每天不知道消耗多少碳水化合物，箱子裡不裝零食，你哪長得了那麼胖？別捂著藏著了，一船人都要餓死了。你做人怎麼那麼自私？」

張瑩餓到雙眼冒火，她見宅男根本不理自己，仍舊自顧自地抱著箱子。於是急不可耐地衝上去，想要將箱子搶過來。

巨大的箱子緊密閉合著，而且似乎非常沉重。但也別小瞧了一個有明顯長期節食傾向的女人在所有食物已經腐爛，最後的希望只剩下別人的箱子裡可能藏著食物的狀況時，爆發出來的驚人瘋狂。

至少那瘋狂，一個虛胖的宅男就承受不了。

吳鈞被活生生地從箱子上扯了下來。不是張瑩一個人扯的，她的男友宋營看到既然已經得罪了人，就將乾脆地得罪到底。他死死把宅男壓在地上。

胖子幾乎要瘋了，他不停地掙扎，哀求。眼淚都流了出來。堂堂男子漢居然恐慌成這副德行，弄得我都不太看得下去。

自己正想走上前去阻止，可張瑩已經七手八腳地將巨大行李箱的拉鍊拉開。看到內容物的女人整個人一愣，絲毫沒有發現食物的喜悅。

「混蛋，怎麼沒有吃的。這裡面到底是什麼東西？」張瑩眨巴著眼，懵了。

剩下的所有人都基於自己各自的私心，故意沒有去阻止那對情侶。大家見張瑩的表情呆滯，連忙湧到箱子前仔細打量。

我看了幾眼，同樣也驚訝不已。

只見偌大的箱子中，沒有任何普通的東西。甚至，裡邊裝的根本就不是正常的東西。箱子裡竟然裝著一台五十吋的平板電視。電視下方鋪設了好幾顆行動電源，平板電視插在行動電源上，螢幕竟然是亮的。

大面積的 LED 螢幕中沒有畫面，只有點點代表著宇宙大爆炸的噪點訊號。

太怪了！一個宅男，花了大筆的錢將一台電視裝入隨身行李箱中，還保持著螢幕常亮。看他平時的行為，也不像是個精神不正常的人才對。這傢伙究竟是錢多到沒地方花了，還是個有著怪癖的隱形精神病患者？

「你們看吧，看到了吧，高興了？都高興了？我是死胖子，我就該隨身帶零食啊。我就不能帶一台電視跟著自己旅行，到處溜溜？帶電視旅遊，哪犯法了？」宅男在宋營的驚訝中，終於掙扎著爬了起來。他怪叫著，撲回自己的箱子前，用身體將電視螢幕擋住。

那轉眸間深情的眼神，就如同箱子裡的電視，是他這輩子最深愛的情人。

「廢柴叔叔。你的嗜好真怪，不愛充氣女友，居然喜歡電視機。難道叔叔您是傳說中的戀物癖患者？」妞妞嘴不留情，一臉失望。

喂喂，這小妮子究竟在失望個什麼勁兒？非要在宅男的箱子裡發現兒童不宜的物品她才會高興啊？

我不動聲色地看了箱子幾眼，之後在所有人都沒有發覺的情況下，從地上撿起箱子裡飄出來的一些紙。偷偷看了幾眼後，眉頭皺了皺。

所有人都將廢柴宅男定位為戀物癖患者，見他箱子裡沒食物，也就沒再多理會。而吳鈞經過了剛才的事，對船上全部的人，都充滿了敵意。他小心地隔開距離，坐在最遠的角落。他抱著自己的大箱子，輕輕拍著。彷彿箱子裡的電視真的是自己的情人，怕它受到驚嚇，怕電視害怕……

妞妞被他的柔軟表情刺激得冒了一身雞皮疙瘩：「變態廢柴大叔。」

船繼續往前開，本來還在擔心自己身上黴菌一般的灰色腐敗痕跡會不會繼續生長的人，發覺似乎隨著船的開動，那些詭異恐怖的痕跡，確實沒有再滋長。於是十人中，有好幾個跑出去找可以充饑的食物。

沒過多久，駕駛艙中只剩下了我、開船的鄒慧、小蘿莉以及怕冷男廣宇和廢柴宅男吳鈞五人。

我看著窗外依舊發黑，天空依然發灰的外界。天空似乎在不久前就沒有再增加亮度了，水域寬闊，可哪怕視線範圍再大也毫無意義，因為找不到標的物。自己思忖片刻後，緩慢的接近宅男坐著的角落。

「你想幹嘛？」吳鈞尖叫道，一副即將被凌辱的小女人模樣：「我沒吃的，你也看到了。」

「我不要吃的，只是想問你一件事。」我淡淡地將視線落在了箱子上。

宅男沒有因為我的言語而放鬆警戒，「想問什麼，離遠點。離我的箱子遠點！」

「你的女友失蹤了？」我撇撇嘴：「和箱子裡的電視有關係，對吧？」

吳鈞大吃一驚：「你怎麼知道？」

我將剛剛撿來的紙取出來，在他眼皮子前繞了繞：「如果不介意的話，可以跟我講講你女朋友的事情。」

這幾張Ａ４影印紙密密麻麻的用筆畫著許多關係線，而關係線的正中央，卻是箱子裡的那台電視。電視上畫著一條箭頭，箭頭下有個簡單勾勒出的女性背影，似乎正準備朝電視走去。

女性的背影模糊，大眾身材，大眾髮型。顯然畫它的吳鈞，也搞不清楚這個女人該什麼模樣。最悲哀的是，女性背影的身體上，被他標註了「女友」兩個字。

從紙上我能看出很多東西。

宅男吳鈞看著我的臉，良久，突然捂著臉情緒崩潰地哭起來，「我女友的故事，所有人都不信。告訴你也沒用。」

「別人或許不信，但是我一定信。何況現在這艘東方郵輪號上發生的怪事，難道還怪不過你女友身上的離奇？」我拍著他的背：「說不定我能幫你。」

這個虛胖的二十多歲青年，已經壓抑了許久。神秘的Ｍ也正是憑著這一點操縱他，讓他上船的。

「我的妹子，我的妹子。我忘了她的名字、忘了她的模樣。我只知道，她絕對存在過。」胖子一邊哭，一邊抽泣地說：「事情，要從那一天說起……」

他將自己與女友間的離奇事件，詳細地跟我說了一遍。從跟女友交往的細節，以及女友在那晚上走入電視機。他如何滿城找線索、如何精神崩潰、如何發瘋。

和他有關的所有人都告訴吳鈞，他根本沒有女友，妹子根本不存在。但是宅男就是明白，妹子是存在的，他愛她。

他保持著電視常亮，他寄希望於妹子會從電視裡走出來。直到他收到了一個自稱M的人傳來的訊息。

訊息告訴吳鈞，妹子確實是存在的。如果要找到妹子，就要在特定的時間踏上東方郵輪號。

「我將父母留下的房子賣了，買了船票。我將電視塞入箱子裡，為了保持螢幕開啟，還配了昂貴的行動電源。我賄賂船員，才將大箱子帶到郵輪上。可是根本沒有妹子的消息。」吳鈞用力敲了敲腦袋：「難道那個M騙了我？」

我被他口述的離奇故事震驚得許久都回不過神，好半天，才用乾澀的聲音道：「這個，還真是不容易接受。一個大活人，居然能走進電視中。」

「所以沒有人相信我。夜不語先生，你也不相信，對吧？」吳鈞滿臉苦澀，甚至絕望。

我搖頭，「不。你保持電視螢幕常亮，是對的！」

宅男猛地抬起了頭：「你信我？」

「當然信。」我笑道：「雖然有些不可思議，但這種事並非無法接受。至少妞妞就曾經經歷過！」

早就溜過來偷聽的妞妞樂呵呵地指著自己的臉：「廢柴大叔，你女友鑽進電視算什麼。你看看妞妞，妞妞我可是走進過購物街的一幅畫中過呢。」

那小模樣，要多自豪有多自豪。

我在她小腦袋上敲了敲，「吳鈞先生，發生在你家，你女友和你的電視上的事，其實是可以用科學來解釋的。」

說著，我拿出一張紙和一支筆，寫畫起來。

「知道什麼叫做降維攻擊嗎？」我先在紙上畫了一個3D的方塊。

宅男搖頭，「不知道。」

「那麼劉慈欣的《三體》看過沒？」我又問。

吳鈞又一次搖頭：「最近大半年一直在找妹子的線索，早就不看書了。」

「算了，我直接解釋吧。」我摸了摸額頭，很無言，「所謂降維攻擊，是一種維度攻擊方式。當某一種能夠降維的東西，與三維空間接觸的瞬間，就會使三維空間的一個維度蜷縮到微觀，從而使三維空間及其中的所有物質跌落到二維，達到消滅對方的目的。雖然這只是科幻小說中才有的武器，但是現實生活中，其實類似的情況，並不罕見。」

我又在紙上畫了一個2D的方塊，「我們是三維空間的生物，當你的妹子因為某種原因，進入電視時，其實是進入了二維的世界。剛才你也提過，你眼睜睜看著妹子走進去，但是全身卻一動也無法動。周圍空間充斥了神秘的能量限制了你的動作。這就是線索。」

「一般受到降維攻擊的主體，都會散發大量的能量。正是那股能量，讓你動彈不得。」我說道：「你的妹子如果確實存在的話，她，恐怕不是一個普通人。或許你妹子身上，一直藏著某個可以令她降維的物品，而且她也清楚自己什麼時候應該會離開。」

「所以，我應該到二次元去找自己的妹子。」吳鈞瞪了瞪眼，他似乎沒聽很懂。

妞妞竊笑，「果然宅男廢柴大叔的世界應該屬於二次元。」

就在我們討論著深奧的關於二次元的空間理論時，剛剛還在一旁待著的怕冷男廣宇溜了過來。

這個不愛說話的怪人突然道：「夜不語先生。聽了剛剛你對吳鈞的故事的解釋，我很佩服。我想求你一件事。」

我有些吃驚，這個傢伙居然主動找我說話了：「好說。什麼事？」

「求你，聽聽我的故事。」廣宇一把扯下嘴上的口罩，他的嘴巴很秀氣，像個女孩子。最令人驚訝的是，他竟然只是個高中生。這個十七、八歲的男孩，整張臉充滿了被長期的恐懼折磨得生不如死的情緒。

一個十多歲的青少年，究竟經歷過什麼，才會變得如此絕望，甚至連生氣都被消磨一空？

「我覺得東方郵輪號現在遇到的怪事，恐怕和自己有關。」他的語氣頓了頓，那深入骨髓的害怕，和肺腔冒出來的沙啞，令人不寒而慄。

「因為我的故事，和這艘郵輪的遭遇，實在是太像了！」

船外的天空和廣宇的聲音一樣的令人絕望，隱藏在東方郵輪號中的恐怖，繼續在蔓延。甚至隨著廣宇的講述，我們所有人都墜入了地獄深淵……

第九章 無限房間

周翔快步小跑著來到門口，伸手拉開房門。頓時，他整個人如同被電擊似的呆住了，好半天後，他才遲疑地揉了揉眼睛，將伸出去一半的腳又收了回來。

然後，從喉嚨裡爆發出的慘叫聲響徹整個房間……

他驚恐地吶喊，又大又響，嚇了另外三人一大跳。

「小翔，大半夜的你鬼叫什麼？害得我差點大小便失禁！」胡林不滿道。

周翔瞠目結舌地石化在原地，好半晌後才顫抖地伸出手，指了指外邊：「走廊，走廊不見了。」

「什麼走廊不見了？」身為主人的趙光皺眉，起身後來到他身旁，探頭看了一眼，立刻也被傳染了呆滯症。隔了幾十秒，這傢伙張大嘴巴，將房門牢牢關上。然後退後幾步，深深地呼吸。

再次開門，可是視線可及的範圍中，卻依然是那個詭異到難以形容的景象。熟悉的走廊不見了，只有一個偌大的房間。大約七、八坪大，有床有沙發，還有四台筆記型電腦安靜的躺在沙發前的桌子上。地上扔滿了空零食袋，亂七八糟的垃圾丟了一地。

這不正是趙光自己的房間嗎？但這怎麼可能，根本不合理。他的腦袋很混亂，完全不知道該怎麼思考當下的恐怖狀況。自己在自己的房間裡，看到了自己的房間？如果門外的房間才是他真的房間，那他現在又在什麼地方？

他疑惑地回頭看了一眼，熟悉的臥室映入眼簾。沙發上胡林和廣宇正疑惑不解地望著自己，桌子上擺放著四台顏色各異的筆記型電腦。電腦擺放位置、地上的垃圾、以及一切家居擺設都和門外的房間一模一樣。

只是，門外那個莫名其妙出現的臥室，沒有人。

這究竟是怎麼一回事？走廊去了哪？趙光感覺自己快要瘋掉了。

也許感覺氣氛有些不對勁兒，胡林和廣宇也走了過來。胡林往外瞥了一眼，大笑道：「小光，你們家走廊真古怪，居然裝了鏡子。」

「這不是鏡子。」和大剌剌的胡林不同，廣宇的心思很細密，他很快就發現了異常的地方，一股刺骨的冰冷從腳底爬上了背脊，「你仔細看，如果是鏡子的話應該忠實反映屋裡的一切才對。可門外的倒影，卻沒有映出我們四個人！」

「我知道了，小光，你家裡人的性格有些腹黑哦。居然弄了兩個一模一樣的房間。」沒等別人阻攔，胡林一腳邁出房門，走入了門外的世界。趙光忍不住閉上了眼睛，鬼才知道現在處於什麼狀況，可那個豬腦袋居然想都不想就華麗變身為行動派，胡鬧也該有個限度吧。

其餘兩人的想法也大致相同，他們下意識地遮住眼睛，腦筋已經無法思考了。但胡林居然一點事情都沒有，他從喉嚨裡發出「嘖嘖」的聲音，奇道：「小光，這個房間真的和你的臥室一模一樣哦。太有趣了。你怎麼弄的？就連我扔掉的薯片袋子都在同樣的位置。」

趙光身體發軟，艱難地倚靠著房門，弱弱道：「我如果告訴你，我家根本就沒有這麼個房間，你相信嗎？」

「當然不信，明明房間就在這裡嘛。」胡林一臉「我才不可能被騙」的表情。

「真的沒有。」趙光以哭腔斬釘截鐵地說。

廣宇試探著往裡走了一步，沒感覺到不適，大著膽子也走出了門外，來到了這個一模一樣的臥室。他到處打量，撿起地上的垃圾看了看，然後默不作聲地不知在想什麼。

周翔也不知道該怎麼辦了，他看著趙光：「你解釋一下！」

「你究竟要我解釋什麼，我都還莫名其妙咧。」趙光苦著臉：「我發誓，家裡肯定沒有這房間。根據格局，我的房門外是走廊，大家來的時候應該知道。而走廊的另一側，應該是老爸的書房才對。現在不光走廊不見了，就連書房也找不到了。」

「你的意思是，這個房間其實是多出來的？」廣宇問。

「當然，我就是這個意思。」趙光點頭後，猶豫了一下，終究還是克服恐懼走了進來。身後的門開著，周翔就在門後邊。他看了一眼屋中，又看了一眼自己進入的地方，恍然有一種照鏡子的感覺。門就是那道鏡子，鏡子的兩側一模一樣，很難形容這有多麼詭異。

他在房間裡走來走去，突然「咦」的一聲，似乎感覺哪裡有些不太對勁兒。

「怎麼了？」周翔見所有人都進去了，只得走進來。

「我們是從門進入這個房間的，對吧？」趙光摸了摸腦袋，伸手指著對面：「可為什麼那裡也有一扇門？」

他手指的方向，赫然有一道和自己的臥室一模一樣的房門。這令趙光無法理解，如果自己四人是從門進來的，那麼那道門又是怎麼回事？

廣宇看了門幾眼，「我覺得，如果這個房間真的和你的臥室格局相同的話，那道門就是你臥室的門。而我們通過的門，是從門對面的牆壁上打開的。」

「等等，我完全糊塗了。」胡林捂著自己的腦袋，轉不過彎來：「小廣，你是說我們是從沒有門的地方進門的？可這裡明明有門嘛！」

他說完就走上前，準備示範門的閉合功能。

「不要！」廣宇尖叫著想要阻止，可是已經太遲了。門在胡林的推動下順利關閉，然後在所有人都搞不清楚怎麼回事的情況下，就在八隻眼皮底下，合攏，變成結實雪白的牆壁。

趙光撲上去使勁兒地捶著牆，牆體只發出扎實的沉悶的回聲，門不見的地方，只剩下實心的牆，淒然映入眼簾。

「這、這怎麼回事？」胡林完全傻眼了。

「你在搞什麼！」周翔恨不得給這個天然呆一拳。

「我又不知道門會不見。」胡林撓著頭，乾笑兩聲。

「算了，趙光，你先仔細檢查一下這個房間和你的臥室有什麼不同的地方。」廣宇說。

趙光點頭，他有些手足無措。仔細地將整個臥室都檢查了一遍，這傢伙滿臉驚訝，「跟我的寢室根本沒有不同，我的所有東西這裡都有。我們是不是在做夢？」

「我試試。」胡林使勁兒地咬自己的手指，立刻痛得眼淚都快流出來：「很遺憾，不是夢。」

「把門打開看看，說不定能出去。」周翔一眨不眨地看著臥室門，明亮的燈光充斥在房間的每個角落，將一切照耀得清晰可見。可是這充足的光芒，卻無法帶給他一絲一毫的安全感。他現在只想回家。

「也對。」趙光慌忙跑到門前，緩緩將門拉開。臥室門隨著一聲難聽的響聲，敞開，露出了門外的景象。

只看了一眼，所有人都快暈倒了。這道門外，依舊是趙光的臥室，和現在的這間一模一樣。

四人行屍走肉般跨過門，走入第二個相似的房間中。趙光檢查了房內，情況令人沮喪。屋中的擺設和物件仍然和他原本的寢室完全一樣。他們坐在沙發上沉默了好半晌。

廣宇想了想開口道：「我的記性很好，來的時候仔細觀察過小光家的外邊。一樓四戶的疊拼別墅，也就是說，一棟樓只有四戶人家。小光的臥室位於二樓中段的房間，約為二十五平方公尺的正方形。也就是說臥室的邊長是五公尺。我們已經通過了兩個房間，再加上本身的寢室，共計十五公尺的距離。這完全超過了別墅二樓的面寬。太不合理了！」

「管他合不合理，把那道門打開試試。」胡林覺得乾坐著很憋屈，乾脆來到臥室門的位置，將這個房間的門也打開。

剩下的人看著敞開的門，露出苦澀的笑。果然，房間的門外還是同樣的房間。對比著右側沒有關上的門，坐在屋子中間的他們有股怪異的錯覺。房子左側和右側都有同樣的門，門裡的景象也一模一樣。除了沒有人外，根本就像是在照鏡子。

語言，已經很難描述現在的詭異狀況。

「進去看看嗎？」周翔指指新房間。

「不用了。」趙光搖頭：「我有種預感，不論開幾次門，路過多少個相同的臥室。結果恐怕都一樣。」

「以現在的情況推斷，這個可能性非常大。」廣宇點頭，他的視線在房間中游弋著，突然停頓在了窗戶上。

窗外，夜色瀰漫了整個世界。小社區內的路燈昏暗的照耀著不大的範圍，一輪暗紅色的圓月爬過了天幕的中分線，正向著左邊天際緩緩垂落。蟲鳴聲不時透過緊閉的窗戶玻璃傳遞進來，本應該令人煩躁的討厭蟲叫聲，在這一刻卻顯得如此絕妙，令人精神一震。

「窗戶，我怎麼忘了窗戶！」廣宇從沙發上跳起來：「既然門不能用，我們就從窗戶出去，這裡是二樓，離地面只有三公尺。跳下去也不會缺胳膊少腿！」

「不錯！」剩下的三人頓時興奮了。

周翔欣喜地拍著廣宇的肩膀：「小廣，沒想到你平時沉默寡言，緊急時刻還真靠得住。」

「我來開，我來開。」胡林迫不及待地跑到窗戶前，解鎖，向外一推。本來暗淡的窗外世界突然變得明亮起來，一道光芒映入眼中。他往外一瞧，頓時傻眼。

趙光等人見到灰褐色的窗戶外竟然有光射入，心中立刻湧上一股不祥的預感。周翔幾步上前，探著腦袋往窗外瞅了一眼，臉部表情瞬間精采起來。

只見透過玻璃的地方仍舊黑暗，樹影婆娑，小社區裡的風景一覽無餘。可是從打開的窗戶看，卻看到了和他們所處的房間，一模一樣的寢室。窗戶的位置開在原本窗戶正對面的牆上，他甚至能看到斜對面的門。

這太令人難以置信了。

「怎麼會這樣？」廣宇喃喃地軟倒在地上，腦袋混亂得無法思考。

「別打開窗戶了，直接把玻璃砸碎！」趙光聲音害怕得發抖，他拉著胡林將電視抬起來，示意周翔關上窗戶。

默默數了一二三過後，兩人把電視衝著窗上的大塊玻璃扔了過去。只聽到一聲脆響，被砸中的玻璃支離破碎，無數碎片散落進黑暗中，然後瞬間消失不見。窗外的黑暗被光亮刺破，燈光從破掉的玻璃處射了進來。

廣宇看著眼前的景象，思緒混亂得像一團亂麻。玻璃破口處能看到明亮得熟悉到恐怖的臥室，沒破的地方依然是外界的昏暗樹影和那輪紅月。

「我們會不會其實一直都在相同的地方打轉？」他皺眉，猜測道：「一切通向外界的方法，都會讓我們回到這個臥室。說不定臥室只有一個，只是我們不停地在相同的空間裡來來往往，一旦我們踏入能夠離開房間的途徑，空間就會基於某種原因重置？」

胡林轉頭看他：「你在說中國話？我怎麼聽不懂？」

「我看過一些課外書裡，確實有小說描述過類似的狀況。」周翔回憶了片刻，「似乎是平行空間什麼的。」

「不錯，電影裡也有相同的劇情。有人走進了永遠都走不出來的房子，其實是穿越到了多維度空間。」趙光摸著下巴。

「要不，試一試？」廣宇從房間中拿了一袋沒有開封的薯片，和大家對視一眼：「如果我們真的在小光的臥室裡打轉，而且根本就沒有出去過的話。這包薯片應該會在我們進入下一個房間時消失。高中的物理課本上也曾經提到過，空間會保持一致性。」

「沒錯，如果薯片真的消失了，就證明我們可能一直都來往於相同的房間。只是因為某種原因，我們沒辦法離開。」周翔醒悟過來。

「這有意義嗎？我們還不是沒辦法離開。」胡林不明就裡地眨巴著眼。

「作為新時代的高中生，你的知識太貧乏了。」廣宇嘆了口氣：「如果我們一直都陷在同樣的空間裡，狀況就單純得多，只需要待在那個房間不斷找出去的方法。如果不是的話……」

「不是的話會怎樣？」胡林還是不明白。

「就麻煩了！」廣宇沒有再理他，手裡緊緊拽著薯片，從玻璃破掉的大洞鑽過去。其餘三人緊隨其後。

雙腳落在木地板上，四人發出了前後不一的悶響。空蕩蕩的回聲傳遞入耳中，聽得人無比難受。大家顧不上打量從門進入和從窗戶爬過來會有什麼不同，四人的目光同時集中在廣宇的右手上。

只見廣宇臉色慘白，嘴角露出抽搐的表情，自言自語道：「麻煩了。」他的手中，那袋未開封的薯片，仍舊好好地留在他的手裡。

事情比想像的更加詭異了。

「薯片沒有消失。」廣宇精神有些恍惚，好半天才反應道：「快找找看，這個房間裡有沒有相同的那袋。」

「有。」趙光從沙發上拿起一袋薯片，看了看編號：「ST79568。」

「是同一袋。」廣宇將手中的薯片遞過去，兩袋就連編號都一模一樣的薯片湊到了一起，在燈光下反射著陰冷的光澤。所有人在同一時間都感到毛骨悚然起來。

周翔向進入的地方看了一眼：「我們砸碎窗戶的地上，一點玻璃碴兒都沒有。而且就連入口都找不到了。」

沒錯，自從四人通過後，原本開在牆上的玻璃入口已經消失得無蹤無跡。這個房間的玻璃完好無損，透過窗戶，仍舊能看到屋外安靜的小社區景象。可是那本應該近在咫尺，隔著一塊玻璃的風景，卻在此刻顯得那麼遙不可及。

胡林將廣宇從上個房間帶進來的薯片拿過來，扯開，隨口吃了幾片：「味道不錯，你們要吃一點嗎？」

「沒胃口。」眾人紛紛搖頭。

廣宇看了看電視旁的時鐘，單調的電子數字顯示著現在的時間，凌晨兩點十五分。他渾身猛地一抖：「小翔，你準備上廁所的時候，是不是兩點左右？」

「好像是兩點十五吧。」周翔回憶了片刻。

「你確定？」廣宇轉頭一眨不眨地盯著他。

「非常確定，我特別看了一眼時間。」周翔奇怪地問：「怎麼了？」

「那就怪了。」廣宇陰沉著臉：「你們看看那個時鐘。」

其餘三人順著他的話看向電子鐘，不由得愣了愣。兩點十五，怎麼會是兩點十五？他們明明在好幾個房間中折騰了至少四個多小時，現在最少也該凌晨六點了才對。

「鐘是不是壞了？」胡林將電子鐘拿起來使勁兒地搖晃。

「不對勁，這個小社區的老頭老太太很多，如果是凌晨六點的話，他們已經起來晨跑了。可是小社區中一個人都看不到。」趙光看著窗外，遲疑道。

「沒錯，通常六點過後，天都已經亮了。可外邊仍然黑漆漆的，非常不正常。」廣宇點頭，疑惑充滿了他的表情，他吞吞吐吐地猜測：「我有個想法，會不會是周翔開門的那一剎那，時間其實已經停止了？」

「怎麼可能，時間怎麼會停止，太不科學了！」周翔嗤之以鼻地搖頭。

「那我們現在的狀況就科學了？」廣宇反問。

周翔頓時啞然。趙光在房間裡溜達著，不死心地試圖找出不同的地方，可是一無所獲。胡林吃完了薯片，又打開一瓶飲料舒服地喝起來。這天然呆打了個飽嗝，問：「小光，別墅裡不是都有裝中央空調嗎？我們從空調的管道爬出去不就得了？」

「你電影看多了，這種小別墅裡的中央空調，就連一隻貓都爬不進去。」趙光搖頭。

「這樣啊。」胡林躺在沙發上，「睏了，先睡一覺。」

「唉，真羨慕你，沒心沒肺沒危機感。」周翔苦笑，看了其餘人幾眼：「要不乾脆吃些東西休息一下吧，再折騰下去身體也撐不住。」

「也好。」廣宇拿了些零食和礦泉水，走到房間的一角，靠著牆壁坐下，「睡一覺腦袋會清醒很多，說不定能想到更好的辦法。」

四個已經足足有二十三個小時沒睡的高二生就這樣隨便將零食填入胃裡，七橫八豎的躺在房間中睡著了。不知過了多久，等廣宇自然醒來，天花板上的燈光依舊耀眼。他揉了揉惺忪的睡眼，下意識望向窗外。

夜色濃郁，沒有絲毫天亮的跡象。

桌上的電子鐘，依然顯示著兩點十五，這個討厭的數字。

果然，不是做夢。廣宇撐起身體，依次將房裡睡得正香的三人叫醒。

「我睡了多久？」趙光問。

「不知道。」廣宇搖頭，失去了時間的衡量工具，鬼才知道時間該怎麼算：「不過根據我的生物時鐘，應該至少也有七個小時。」

「也就是說現在至少也是中午了？」周翔抬頭，然後罵道：「該死，外面還是晚上。」

四人隨意用礦泉水洗漱了一下，一邊伸著懶腰，一邊不知所措地乾瞪眼。廣宇咳嗽了一聲：「我覺得我們應該找些繩索，然後繼續不斷地往其他房間走走看。不然乾坐在這裡也沒用，只能等死而已。」

「可不是所有的房間都一樣嗎？」胡林不解地問：「既然都一樣，幹嘛還亂走。」

「或許房間都是一樣的，又或許其實有微妙的不同，只是這些不同就連身為主人的趙光都不清楚。例如空氣的成分、塵埃的分佈和佈置的微小變化。」廣宇解釋道：「例如鐵達尼號的沉沒，有人能說出具體時間，有人能記得死了多少人，可是有幾個能詳細背出每個死者的名字？說不定，多走幾個地方，就能找到逃出生天的方法。」

「我贊成。」周翔重重地點頭：「我也一直在想，既然我們能將相同的薯片從一個房間拿到另一個房間，而且那個房間的薯片並不會消失。這就意味著每個房間都是獨立的。既然能獨立，就肯定有區別。物理課本上不是有說過，世界上沒有完全相同的兩樣東西嗎？」

「沒錯，我們在這個房間多拿幾樣東西作為對照物，一個房間一個房間的比對。」

廣宇輕聲道：「如果找到了不同處，再想下一步該怎麼做！」

「也只有這樣了。」趙光投了贊成票。

四人統一意見後，拿零食當早餐，然後開始不斷打開門，不斷地進出一成不變的臥室空間。他們試著綁上用床單做成的繩索穿過房門，可是等到所有人離開了上一個房間後，繩子卻斷成了兩截。

廣宇看著光滑的斷處，久久沒說話。

「發現了什麼？」周翔問。

「算是有一些吧。說不定我們每進出一次門，都會隨機來到不同的臥室。雖然看起來完全一樣，可房間肯定不是原來的房間。這很複雜，太難說明。」廣宇的表情也很複雜。

「我明白你的意思，我們跨出一扇門時，其實已經回不去上一個房間了，對吧？」周翔說。

「對。」廣宇皺眉：「可總覺得自己似乎忽略了什麼極為重要的東西，應該很關鍵才是，可我無論如何都想不起來。」

「努力想吧，你這傢伙這次可是令我完全刮目相看了。冷靜又沉著，能不能逃出去就全靠你了。」周翔拍了拍他的肩膀。

廣宇淡淡嘆了口氣，偏著頭的他，神情是說不出的陰鬱。

時間悄然流逝著，雖然不論是電腦還是時鐘，甚至就連每個人的手機上，代表時間的數字都停滯在凌晨兩點十五分。可所有人都還是能大概猜測究竟過了多久。

他們足足開啟了四百多道門，每到一個房間都會用隨身攜帶的初始物品當作衡量標準來玩找碴遊戲，可是至今仍舊一無所獲。到底過了幾天，三天，還是四天？

漸漸地，絕望的情緒在枯燥不堪的努力生存當中瀰漫開來。在打開第六百道門時，胡林終於爆發了。

第十章 死亡循環

「趙光，一切都是你搞的鬼，對吧。」當周翔開啟第六百道門，正準備走進去時，胡林突然停住腳步，惡狠狠地看向臥室的主人趙光。

「小林，你在說什麼？」趙光懵了。其餘兩人也詫異地看著他們。

「我在說什麼，你心知肚明。我這人雖然腦袋不太靈光，但不是笨。」胡林冷哼一聲：「初一我們就認識了，可你從來沒有請我們來過你家。為什麼第一次請人到家裡留宿就發生了這種怪事？用膝蓋想，可能性也比中彩券低得多。」

趙光摸著腦袋：「那你說我要怎麼做，才能做到這麼超自然？何況，我們是朋友，不可能害你們的。」

「朋友。」胡林「噗哧」一聲笑了，陰陽怪氣地說：「對啊，我們是朋友。不過有誰這麼想？你和周翔為了四班一個女孩吵得不可開交，甚至在班會上公然打了起來。說不定你是想趁機弄死他，而我和廣宇只是陪葬罷了。」

周翔沉默了一下：「小林，你想多了。我和小光已經私下和解了。」

「和解這種話你也相信，大家認識五年了，趙光這個人的品行你又不是不知道。出爾反爾，性格陰鬱。」胡林嗤之以鼻，臉部表情激動得幾乎快要扭曲了。

「夠了。」廣宇阻止道：「我不相信以人類的力量，因為不清不楚的戀情就會把人陷入明顯已經超出了常識的境地。現在可別內訌，先找到出去的辦法比較重要。」

「哼，廣宇。你就不要在這裡裝好人了。你恐怕早就恨我們恨得要命了吧。如果趙光沒有問題的話，最有嫌疑的便是你。」胡林的視線移向廣宇。

「我怎麼可能會討厭你們！」廣宇啞然。

「從初中起，我們三人就欺負你欺負得厲害。你當我們真的把你當朋友？你這個沉默寡言，嚴重自閉的傢伙也值得做朋友？」胡林扯動右嘴的肌肉，笑得很陰森：「發生了這種事，是不是你做的？好啦，我承認我以前欺負你非常不對，我給你跪在地上磕頭了。你放我出去吧！」

「胡林，再說下去我可要生氣了！」周翔眼見場面越來越失控，連忙喝道。

「總之，看來是要老死在這裡了，我怕你個屁！」胡林偏過頭，不斷冷笑。

四人陷入了一片寂靜中，不得不承認，雖然胡林說得很難聽，可有一點卻沒有錯。陷入如此古怪的空間裡，肯定是有原因的。既然只有人能在房間中穿行，也不會被複製，那麼很有可能觸發臥室無限循環複製的就是人本身。

難道真的是四人中的某一個人有問題？

廣宇其實早就有所懷疑了，但一直都不敢正視，可胡林的話卻血淋淋的刺中要害。每個人都默不作聲，不知心裡在想些什麼。就這樣相對默然了許久，他才率先開口道：

「那個，我覺得——」

周翔突然打斷他，「一九八二年，英國發生了一件怪事。羅波一家住在郊外，那是個成員只有丈夫、妻子和六歲女兒的平凡家庭。但是羅波夫妻間很冷淡，而且因為性格不合經常當著女兒的面吵架，甚至暴力相向。」

胡林皺眉，「周翔，你在說啥，怎麼扯到英國去了。」

「聽我說完！」周翔語氣很重的繼續道：「有一天晚飯前，羅波夫妻又要吵架的一瞬間，丈夫突然消失在妻子眼前。因為太過不可思議了，妻子驚慌失措，第二天才終於下定決心去報警。警方用盡手段都沒有找到丈夫，更不可思議的是，過了數日，丈夫又突然出現在憔悴不堪的妻子眼前。

「他穿著失蹤時同樣的衣服，坐在餐桌旁，滿臉驚愕恐懼。但看到妻女後，激動地抱著兩人嚎啕大哭。妻子之後問膽戰心驚的丈夫究竟去了哪，丈夫說自己莫名其妙的到了一個可怕的空間。在那裡，他看到了自己和妻子是何等的可怕，像兩隻醜陋猙獰的狗一樣互相撕咬著對方。丈夫這才知道，原來自己進入了六歲女兒的潛意識中。」

趙光等人同時打了個冷顫。

「這個例子說明，有些人天生就有超能力。就如六歲女兒能將快要吵架的老爹轉移進腦海中一樣，說不定，我們就在某個人的意識裡。」周翔舔了舔發乾的嘴唇。

「有道理。」廣宇表示贊同：「可問題是，我們在誰的意識中？每個人都有嫌疑！」

話音剛落，不約而同的，眾人的視線全都集中在了他身上。

「你們腦袋有病吧，怎麼可能是我？」廣宇驚愕地站了起來。

「我一直都在想，如果真的發生了靈異事件，或許最有可能的就是你吧。」周翔眼神凝重，帶著一股赤裸裸的侵略感：「如那種六歲女孩類似的事情，一般都發生在兒時有些自閉，經常被欺負的人身上。所有條件，廣宇，你都符合。」

「但我們不是早就和解了，我們是朋友！」廣宇慌忙道。

「朋友。唉，就當我們真的是朋友吧。」周翔朝他走了幾步，緊緊抓住了他的肩膀：「既然是朋友，就不應該以折磨朋友為樂。將我們放出去吧！」

廣宇急得快要哭了：「真的不是我！」

沉默著的胡林悶不作聲的繞過眾人，將書桌前的凳子砸碎，在所有人的詫異中撿起一根尖端鋒利的凳腳，然後朝廣宇走了過來。

「你想幹嘛？」廣宇瞪大眼尖聲問，他下意識地感覺不妙。

「在別人的意識中殺人，應該不算殺人吧。」胡林陰冷地說：「小翔，把他抓緊。馬上我們就能回家了！」

「你瘋了！」廣宇害怕得全身都在發抖，他想要掙脫周翔的手，卻發現自己所謂的朋友居然真的牢牢將他拽住，周翔眼神裡透露出來的猙獰神色，令他無比恐懼。

「你們都瘋了！」他好不容易才推開周翔，凳腳險之又險的順著臉頰劃了過去，如果遲一秒鐘就真的會刺中自己的眼窩。

他們是玩真的！

「快抓住他。」胡林大聲喊道。周翔很快就逼了過來，就連趙光也在猶豫片刻後加入了追捕廣宇的行列中。

人性的醜陋在此刻展露無餘，只因完全沒有證據的猜測，自己的朋友就想要殺了自己？廣宇感覺自己也快要瘋了。他拚命地逃，不過臥室本就不大，最後他只得窺到一個機會，拚命拉開門，埋著頭鑽了進去。

門在廣宇反腳一踢下合攏了，等三人在幾秒後重新將門打開，魚貫著闖進去後，卻無論如何都沒辦法找到他的人影。

「看來廣宇有一點倒是說對了，每次打開門，進入的房間都是隨機的。」周翔陰鬱地說：「要想再次找到他，難了。」

「我們該怎麼辦，如果不殺了他的話，我們這輩子都回不去！」胡林的語氣有些歇斯底里，手裡仍舊緊拽著充當武器的凳腿。

「你精神有些不濟，休息一下吧。我們總能逮住那傢伙！」周翔拍拍他的肩膀，示意大家先睡一覺。

胡林嘀咕著吃了些零食喝了些水，就地躺著。當他翻過身，視線偶然掃過床下，整個人頓時如觸電般跳了起來。他的神色煞白，整個人都在哆嗦，手指顫抖地指著床底下，驚駭得難以描述。

「怎麼了？」周翔奇怪地瞪了他一眼。

「床底下，有、有……」胡林被嚇得語氣結巴，難以說出完整的句子。

周翔不耐煩起來，他趴下身往床下看去，頓時一股冰冷到心臟快要凍結的恐懼感爬上了心頭。

兩人好半天才緩過氣來，同時望向了臥室的主人，趙光！

「小光，難怪你會突然請我們來作客。胡林剛剛猜得沒錯，你果然有目的。」周翔冷哼著，目光冰冷地看著趙光。

正將零食當作晚飯的趙光滿臉愕然：「怎麼又扯到我身上了。」

「還在裝傻，你自己看看床底下。」胡林冷笑道。

趙光滿頭霧水地向自己的床下看去，當視線接觸到床底的剎那，他嚇得往後退了好幾步。只見床下居然有兩具屍體，一男一女，分屍後的殘肢破布般散落著，死不瞑目的雙眼還流露著難以置信的眼神。

趙光的視線和那兩具屍體的眼神對視瞬間，恐懼感如潮水般湧了上來。那兩人，居然是自己的父母。他們怎麼會死了？怎麼會被分屍後塞進了自己的臥室床下？

「你不是說父母出去旅遊了嗎？」胡林一眨不眨地看著他：「他們怎麼會在你床

底下？」

「他們真的是去旅遊了。我送他們出去後，才打電話給你們的。」趙光驚慌失措地揮舞著手臂，他的腦袋已經無法思考了。

「你是親自送他們去地獄了吧。殺了他們，然後請我們來掩飾，當作不在場證明。」胡林笑得越發的陰森了：「你算計得真好，虧我還把你當作朋友。」

「我沒有殺父母，我怎麼可能殺他們。」趙光帶著哭腔，精神混亂。

「事實就擺在眼前，你殺了他們，然後選擇性失憶了。從前你不是經常抱怨要是父母不在了，該有多好嗎？」周翔淡淡地下了定論。

「人有時都會希望自己的父母死了，可誰希望他們真的死掉？」趙光嘶吼道。

「你不就是嗎？你不是親手殺了他們嗎？」周翔看著他：「說不定你殺了父母，精神波動太大，所以將我們帶入了你的意識中。你不願面對現實，於是讓我們陪著你在無限循環的臥室裡，永遠，永遠的無法逃脫。」

「不可能！」趙光拚命搖頭：「絕對不可能！」

「你父母的屍體都在床底下，還有什麼不可能。」周翔也吼了起來。

「就算我殺了父母，也不可能將他們的屍體塞在自己的床底下。我家那麼大，能藏屍體的地方那麼多，我為什麼一定要藏在床底下？」趙光總算想出了一個破綻，撕心裂肺地大聲責問。

可是他的話音還沒落下就已經戛然而止，血從他的嘴裡噴出來，濺射了一地。趙光難以置信看著胸口處插入的堅硬異物，艱難地瞪大眼睛。只見一個熟悉的身影從他身後狠狠地襲擊了他，是胡林。

胡林看著他的眼神是那麼瘋狂、那麼冷。絕望和逼近的死亡令他無法開口說話，只能在喉嚨裡發出難聽的聲響。溫熱的血液在不斷流失，最終，趙光在不甘中永遠的失去了意識。

「你殺了他？」周翔驚訝地張大嘴巴，不敢相信眼前的事實。

「跟他說那麼多廢話幹嘛，他死了，我們就能出去了，不是嗎？」胡林滿不在乎地揚了揚手中帶血的凳腿。

「但看來殺了小光，似乎也於事無補。」周翔沒再說什麼，只是嘆氣。臥室還是那個一成不變的臥室，完全沒有任何變化：「去開門看看吧。」

他們打開門，令人失望的是，門的外邊，仍舊是另一個臥室。能夠讓他們離開這該死房間的走廊，完全沒有出現的跡象。

「怎麼會這樣！」胡林失望地頹然坐到地板上。

兩人休息了一下，走入了別的房間，繼續探索起來。讓他們驚訝的是，自從趙光死後，他的屍體彷彿變成了房間的標準配備，開始被房間無限複製起來。不論走到哪裡，都能看到躺在地上，死不瞑目的他，以及噴灑在地上，反射著詭異邪紅光芒的血液。

這折磨得他們快要瘋掉了。

「事情果然沒那麼簡單。」再次疲累不堪後，周翔停下腳步，坐到沙發上撓頭：「我還是覺得廣宇的嫌疑最大。」

「我也覺得他有問題。」背後胡林的聲音有些扭曲。周翔愕然向後看，嚇得頭髮都豎了起來。只見胡林正揮舞著手，想用尖銳的凳腳攻擊他。微弱的破空聲傳遞進耳中，他的求生欲望激發了肌肉，奮力向左邊一滾，好不容易才躲開。

這瘋子想要殺了自己？為什麼？

周翔跟他拉開距離，罵道：「胡林，你想幹嘛？」

「殺了你，再殺了廣宇。我肯定能逃出去。」胡林理直氣壯地回答：「我現在不知道誰有問題，不過我自己肯定沒問題。」

「你冷靜點。殺了我根本沒用！」周翔一邊說話，一邊找能抵抗的物品。他在不遠處找到了一把椅子，於是緊拽在手裡。

「小翔，其實我早就想殺你了。嘿嘿。」胡林神色比他的聲音還扭曲，他的面部肌肉不斷抽搐著：「沒想到老天真的給了我機會，在這裡殺掉你，不用負法律責任。甚至沒人知道！」

「是你！帶我們進這個鬼地方的，是你！」周翔恍然大悟地說：「你想殺我想得快要瘋了。可是，我又沒得罪過你。你為什麼要殺我！」

「沒理由，就是看你不順眼，總是一副老好人，好大哥的表情。你知不知道，你的模樣很噁心？」胡林撲過去，跟他扭打在一起。和瘋子打架很可怕，就算周翔比他壯碩，也免不了受傷。

最終周翔掐住了胡林的脖子，死死地掐著，而胡林刺傷了他的兩條腿。周翔雙手中的胡林因為窒息而掙扎著，臉部逐漸變成了醬紫色。不知過了多久，他的掙扎變得衰弱了，不斷從喉嚨裡發出的噁心叫聲也消失了，周翔才鬆開手。

胡林毫無氣息的仰躺在地上，他的身旁不遠處，是趙光死不瞑目的屍體。

周翔的兩條腿血流如注，他忍住撕心的痛，爬到沙發前扯下兩條布片緊緊將傷口纏住。這才拚命地向門口爬去。就在掙扎著仰起身，手快要接觸到門把時，背後突然傳來了「吱呀」的開門聲以及輕微的腳步聲。

他愕然向後望去。竟然看到對面的牆上開了一扇門，廣宇從門內走了進來。他看著一片狼藉的房間和地上的兩具屍體，若有所思地停了下來。

周翔驚喜地笑著：「小廣，沒想到你還活著，太好了。」

「是啊，僥倖能和你碰面。」廣宇沒有笑容。

「以前誤會了你，太抱歉了。」周翔真誠地道歉道：「我總算搞明白了，一切的始作俑者就是胡林那瘋子。他平時想殺我想得快要瘋了，是我牽連了你和小光。」

廣宇的視線落在了胡林的屍體上。

「你過來扶我一下，這鬼地方應該已經恢復正常了，我們一起出去。」周翔抱怨道：「腿太痛了，根本沒辦法走路。」

「別亂動，小心動了傷口。我馬上扶你起來。」廣宇點了點頭，慢慢走過去。他拉著周翔的右手放在自己的胳膊上，兩人有說有笑的互相表示對對方的諒解，然後小小的憧憬了一下回到正常的世界後，該怎麼珍惜今後的生活。

周翔大部分的重量都壓在了廣宇身上，他們試著配合著走了兩步。看著他的側臉，周翔的眼神中劃過一絲陰霾和狠辣。他的左手一揚，想要將手心裡的東西刺進廣宇的心口。

但他失算了，廣宇的動作更快。他一腳踹了過去，將周翔踹倒。在倒下的同時，周翔只感覺有個冰冷的尖銳物體擠入了心臟的位置。他愕然望去，居然是一片透明的玻璃碎塊。

「原來我們想的都一樣。」周翔苦笑著，使勁兒地咳出嘴裡的血塊。

「沒錯，胡林總算有一句話說對了。我們無法保證四人中誰有問題，只清楚自己沒問題。」廣宇冷笑：「你死了，我就能離開了。」

「該死，咳咳，這鬼地方，究竟是怎麼回事呢？」周翔仰望著天花板，嚥下了自己短暫人生的最後一口氣。

「誰知道呢。說不定我們的猜測，統統都錯了。至少我能偶然發現自己可以跟蹤你們，看你們狗咬狗自相殘殺。這說明，其實這個空間，應該並不是無限循環的，而有著某種規律。不過，誰在乎！」廣宇喃喃道，他走到門前，深吸一口氣，然後將門拉開。

門外，總算不再明亮。親切無比的走廊延伸在眼前，廣宇愣在原地。

他眨著眼，眼淚不由得流了出來，淚水劃過臉頰，落在地上。摔得粉碎。

廣宇拖著疲憊不堪的身軀回了家，他洗了澡換了衣服。明媚的陽光從窗外灑入，顯得無比耀眼。父母不在，他只在桌子上發現了一份報紙。

報紙的頭條寫著這樣一則新聞：

「本報訊，昨日下午有人報警，聲稱有四個高二生猝死於別墅內。別墅的主人姓趙，夫妻兩人外出旅遊後回家，發現自己的兒子以及三個同學一起躺在臥室的地板上，屍體已經冰冷，四人死因未明，本報將持續關注……」

四人？廣宇腦袋像是被電擊了似的，全身抽搐了一下。怎麼會有四人？自己明明就逃出來了！

他愕然抬頭看了一眼，突然發現眼中的一切都在改變，自己狹小的臥室變得寬闊明亮。整潔的地面化為一地雜亂的零食垃圾。他的身旁，更猛地浮現出了三具屍體。

自己，又回到了那令人絕望的，無限循環的房間！

空蕩詭異的屋子裡，只剩下他絕望悲切的慘嚎聲。

「我就這樣絕望地過著，每天都在往那個別墅外逃，每次逃出來了，只要一睡覺醒來，就會發現，自己仍舊在那棟別墅中。直到有一天，在我再一次逃出別墅，回家後。一封信唐突地出現在我的枕頭前，上邊說，如果你想逃出那個循環，那麼，就必須在七天後的凌晨零點整，踏上，東方郵輪號！」

廣宇用力地敲著腦袋，滿臉的痛苦絕望。

所有人都被這個高中生的故事震驚，本來還在開船的船長鄒慧也偷溜過來傾聽，他顯然嚇得不輕。

宅男吳鈞摸了摸腦袋，比劃大拇指：「廣宇小弟弟，你了不起。本來我以為自己的女友走進電視裡，甚至都被所有人否定的事情已經夠匪夷所思了。沒想到，你的經歷比我更離奇。所以說，你現在其實是死人了？」

就連妞妞都好奇地伸出手，透過厚厚的羽絨衣摸廣宇的脈搏：「廣宇哥哥，你有心跳啊，血液也在流。明明活得好好的。」

廣宇苦笑，「我也不曉得是怎麼回事。但是對親人和朋友而言，甚至在法律意義上，我確實已經死了。我的屍體已經燒了，父母幫我舉辦了葬禮。可我又有血有肉的活著。很難界定，自己究竟屬哪一種東西。」

「你沒去和父母相認嗎？」我問。

「沒敢去，怕嚇著他們。」廣宇搖頭：「火化的屍體我還偷偷去看過，確實是屬於我的。而自己現在的身體，也和從前沒什麼不同。所以我實在搞不懂，自己到底怎麼了？現在的我還是不是真的我。可世界上，明明沒有兩個我啊。那麼燒掉的那具屍體，又是怎麼回事。越想我越覺得自己瘋了。」

「你現在睡著，還會進入那個無限循環的別墅嗎？」我問：「還有你這幾層厚厚的羽絨衣，是幹嘛用的？可以遮擋無限循環的觸發？」

「我穿成這樣，只是為了掩人耳目而已，畢竟自己在法律上已經死了，還不如裝成怪人。」廣宇猶豫了一下：「不過自從上了這艘船後，似乎就沒有再陷入無限循環裡了。」

「這樣啊，還真是奇怪了。」我摸著下巴，心裡在一瞬間似乎閃過了什麼靈感。可是那靈感跑得太快，我沒有抓住。

「其實你的事情，還是有個理論可以解釋。」自己皺了皺眉，最終還是沒將靈感找回來。暗自嘆口氣後，我開口說道：「知道什麼叫做薛西弗斯的世界嗎？」

第十一章 又見紙船

世界上陷入無止盡循環的事，都被統稱為「薛西弗斯的世界」。沒有之一。

其實無論時間還是空間的無盡循環，旁觀者，很難體會。就如這艘東方郵輪號到底出了什麼問題，不是當局者，根本無法揣測置身船上的所有人，究竟有多恐慌。

「所謂薛西弗斯的世界，其實源於希臘神話。」我思忖著廣宇的故事，總覺得這個故事，和宅男吳鈞的經歷似乎有所關聯。

「薛西弗斯與悲劇人物伊底帕斯王類似，是科林斯的建立者和國王。他甚至一度綁架了死神，讓世間沒有了死亡。

「最後，薛西弗斯觸犯了眾神，諸神為了懲罰薛西弗斯，便要求他將一塊巨石推上山頂，而由於那巨石太重了，每每未上山頂就又滾下山去，前功盡棄，於是他就不斷重複、永無止境地做這件事。」

「諸神認為再也沒有比進行這種無效無望的勞動更為嚴厲的懲罰了。薛西弗斯的生命就在這樣一件無效又無望的勞作當中慢慢消耗殆盡。」我看著廣宇：「你在朋友別墅中的循環，就是這樣的迴圈。無論你逃出來多少次，都沒有任何用處。因為你沒有搞清楚，自己為什麼會陷入循環。找不到原因，自然找不到結束的方法。」

「這道理我懂。」廣宇苦澀地笑，年輕的臉上死氣濃烈：「可是我想來想去，沒道理啊。我從來沒幹過傷天害理的事，也沒對自己的朋友們作過惡。為什麼趙光家的別墅會將我困住。而且不停地拉我進去？」

我沉默了片刻，「世間萬物一定有一個原因。沒有什麼東西是無緣無故就會落到你頭上的。想要中彩券，至少也需要你買了彩券才可以。你再仔細想想，去趙光家之前，究竟做了什麼和平常不太一樣的事？既然四個人中只有你一個活下來，問題肯定出在你身上。」

廣宇用力地搖頭，似乎對我的話並不滿意。

就在這時，移開腦袋再次聚精會神開船的鄒慧，突然驚叫了一聲：「夜不語先生，你看江面似乎漂來了什麼東西！」

一成不變的水面幾乎沒有雜質。可是遠遠的，確實在水天一線的地方出現了某些極小的東西。黑色的水承載著那些物品，越來越近。

我跳了起來：「去看看！」

說著就朝駕駛艙外跑去，廣宇、妞妞等人急忙跟了上來。當我們衝上甲板時，那本來以為極遠的東西，已經很近了。

在這沒有一點波瀾的水中，必定是自己有動力的物品才會漂動。

「船，好像是船。」廣宇激動地叫道。遠處那些物體的輪廓，確實是船。好幾艘船隱約露出模樣。

「太好了，得救了。」妞妞雀躍著。在這該死的東方郵輪號上，能吃的都壞了，僅僅靠喝水，活得了幾天？

我將眼睛死死地鎖定在那些稀稀疏疏的船影上。那些船不停移動，而且確確實實在朝我們靠近。但是為什麼，完全聽不見引擎聲呢？

船繼續接近。當它們足夠近的瞬間，我們三人全都一臉煞白，雞皮疙瘩齊齊冒了出來。

「紙、紙船？」廣宇的聲音在發抖。

我咬著嘴唇，眼皮猛地跳了好幾下。怎麼會是紙船？在這寬闊的水面上，確實會讓絕望的人看錯物體的體積。但紙船？怎麼會行駛在不流動的水中？最重要的是，有紙船，那麼就肯定有放紙船的人。

那些人，究竟在哪兒？他們發現東方郵輪號了嗎？

這些紙船是故意放出來的？還是只是偶然出現在我們的視線裡？詭異的現象，令我的腦袋變得無比混亂。

「撈一艘上來！」我在船頭找到繩網，朝詭異靜水中，仍舊不斷靠近東方郵輪號的其中一艘紙船扔了過去。

紙船被網住了，自己連忙將它拉上來。這不大的紙船，和昨天我網住的那艘一模一樣。甚至極有可能是同一人做的。郵輪般的船身，某種殷紅墨水畫的船艙裡，一個個的人在慌亂地跑著，呈現著凝固的靜態。

船裡，依然有五個紙紮人。

「哪裡來的紙船？」廣宇愣了愣，然後驚喜道：「難道附近有人？」

我則和妞妞交換了一個眼神。

「哥哥，昨天放紙船的人，跟我們來同一片水域了？」妞妞壓低聲音。

「不清楚。」我不知道該點頭，還是搖頭。

「明明就是同樣的紙船嘛。」妞妞打量著紙船，突然渾身震了一下：「不對！哥哥，你還記得昨天的紙船上，有五個紙紮人以及五個畫在船艙中的人嗎？而現在東方郵輪號，不就只剩下了十人對不對。難道……」

說到這兒，我倆同時打了個寒顫。

「放紙船的人，絕對跟現在的事脫不了關係。甚至我們進入這片死亡水域，都是那個人搞出來的鬼。」我也察覺到了不對勁。

妞妞偏著腦袋，「如果昨天那人放紙船和我們現在的情況真有關係，那麼今天，他為什麼又再放一次紙船咧？」

我呆了呆，眉頭深深地鎖住。沒錯！無論紙船預示著什麼，總之它已經兩次和東方郵輪號交錯在了一起。事情已經糟糕到無法再糟糕了，難道，還會惡化下去？

「哥哥你看，這次紙船上的小人，和昨天不一樣了。」妞妞仔細觀察紙船，一絲恐懼爬上了小臉蛋：「船上只剩下九個人，少了一個！」

我甩開凌亂不堪的思緒，連忙低頭打量。果然，雖然紙船的模樣一樣，畫風一樣，甚至船上五個紙紮人以及畫出來的人的動作也都是一樣的。但船艙裡原本有人的位置，確實少了一個。

只剩下九個。

少一人，這到底意味著什麼？

還沒等我開始思考，突然，一聲尖叫遠遠地從船尾傳了過來。

我渾身一抖，心裡不祥的預感更加強烈了。示意廣宇和妞妞跟著自己，我馬不停蹄地拚命朝尖叫響起的位置跑去。

船尾販賣部前，宋營正抱著自己的未婚妻張瑩哀嚎。這個潑辣甚至有點咄咄逼人的女孩雙手垂地，頭軟軟的偏向一邊，不知死活。

我迅速走上前，用手摸了摸張瑩的脖子，之後搖頭：「已經死了。」

女孩確實已經沒了脈搏。她的喉嚨鼓脹得厲害，直瞪的眼睛嚴重充血。無數血絲在渾濁的眼眶中發鼓，甚至有血管已經破裂了。女孩顯然在死亡前異常痛苦，她抓撓過地面，十根手指的指甲已經折斷。

「怎麼會突然就死了？」廣宇難以置信。

妞妞撇撇嘴，「該不會是姐姐太餓，餓昏了頭。乾脆跑到販賣部將不能吃的零食全吃了，中毒死了吧？」

小蘿莉眼睛尖。張瑩身上的衣物沒有破口，也沒外傷，嘴裡的確殘存著食物殘渣。從她鼓脹的喉嚨以及肚子看，女孩生前肯定朝嘴裡拚命塞入了東西。可一個正常人，怎麼可能瘋了般吃明知道不能吃的東西？退一萬步講，哪怕她真吃了壞掉的東西，距離張瑩離開船艙出去找食物到事發死亡，不過半個小時而已。

從吃到有毒物到死亡，這段時間太短暫太倉促，有毒物質從腸胃吸收很難致死。更何況，販賣部裡的東西只是變質風化的食物罷了。

除非，她的死，另有原因。

宋營哭天喊地，站在一旁的幾個人面面相覷，不知所措。我拽住鄭曉彤問：「到底發生了什麼事？」

「我們幾個在找食物充饑，突然張瑩就摔倒了。等她爬起來，那女人竟然瘋了似的，扯開零食的包裝，也不管能不能吃。拚命地全朝嘴裡使勁兒塞。」鄭曉彤嚇得渾身發抖：「吃著吃著，張瑩就開始顫抖，再次倒在地上。這一次她沒有俐落地站起來，而是躺在地上像羊癲瘋發作般不停顫抖。沒過多久就死了！」

我瞇了瞇眼睛，猛然間想到了紙船。昨天的十人，變成了今天的九個人。之後張瑩便死了！難道，這不光不是巧合，更是有什麼力量在暗中操縱著？

宋營痛苦到閉口不語，只是抱著懷裡逐漸冰冷的屍體，只是哀嚎哭泣。讓人不由得湧上了一股兔死狐悲的傷心。

我們好說歹勸，才讓他揹著屍體回到駕駛艙。

所有人集合後，大家全因為這件突發的噩耗而心情不佳。許久都沒人開口說話。我就在附近，繞著張瑩的屍體不斷打量。突然，自己將屍體的頭扶起來，之後便迅速站起身，將門從內部鎖住，牢牢地守在駕駛艙的金屬門前。

剩下的人見我行動怪異，都望了過來。

「夜不語先生，你在幹嘛？」鄭曉彤奇怪道。

「沒什麼，只是想問大家一個問題。」我抬頭，打破了房間內的平靜，「大家剛才有沒有注意自己以外的人在幹嘛？」

「小兄弟，你什麼意思？難道想到了啥？」周老爺子問。

我點了點頭，「請大家想想。」

妞妞率先道：「跑出駕駛艙後，我跟哥哥你以及廣宇哥哥在一起，沒離開過。」

「我和周老先生，張瑩與宋營四人在一起。」鄭曉彤也回答了。

船長鄒慧聳了聳肩，「我和那個抱著大箱子的宅男一直都在駕駛艙。」

「夜不語小子，你有什麼話就直說。」周老頭一臉嚴肅：「都知道你聰明，腦袋靈活。難道張瑩小女娃的死，有蹊蹺？」

「不是有蹊蹺！張瑩並不是精神崩潰，她是被人殺死的。」我吐出了一個猛料：「不信的話，翻開她的後腦勺仔細看看。」

悲傷過度的宋營立刻將懷裡屍體的腦袋抬起來，沒多久，竟然發現了一個小洞。

「張瑩死前的行為，很多創傷性腦損傷病人都有。我也是剛剛才想起來。那個小洞，應該是有人將一根細細的針插入她的大腦，切斷了特定的神經。」我表情鐵青，「謀殺她的人，絕對是個危險分子。除了極少數練家子，經年累月的特意練習類似的殺人技巧外，普通人根本掌握不了如此歹毒的技能。」

「你的意思是，有人謀殺了張瑩。而那個人，就在船上？」鄭曉彤瞪大了眼，一副不願相信的模樣，「怎麼可能有那麼殘忍的人。雖然張瑩為人確實有些刻薄，但也用不著殺人啊！」

「不對吧，我記得每個人都有不在場證明！」宅男吳鈞一邊說，一邊更用力地抱緊自己的大箱子。

船長鄒慧環顧四周兩眼，猛然道：「那個慣竊豬哥到哪兒去了？」

沒存在感是慣竊的必備技能，豬哥什麼時候離開的，誰也沒有注意。

「該死的混帳！」宋營站起身，猶如一頭憤怒的公牛，推開擋住門的我，整個人帶著煞氣衝了出去。

周老頭連忙招呼了幾個人追上：「大家儘量不要分散，別讓他做傻事！」

我留在駕駛艙，看著張瑩的屍體發呆。她腦後的針眼整齊細小，直通腦部，究竟是多麼熟練的殺手，才能迅速殘忍毫不猶豫的，在一瞬間利用特殊武器切斷她的腦部神經，令她精神瘋狂，最終痛苦死去。

兇手，真的是豬哥嗎？

「船長，注意水面的動靜。」我心裡不太踏實，決定也出去溜溜：「如果有異常，就找人來叫我。」

見鄒慧答應了，我這才帶著妞妞走出駕駛艙。

「哥哥，船上的怪人們果然都有自己的故事。」小蘿莉的小腦瓜轉得飛快，努力地分析最近出現的線索，「廢柴叔叔的女友跑進了電視；怕冷怪人陷入友人別墅的死亡循環；而像極了小姨的鄭曉彤姐姐，更是個謎。所有人中，恐怕只有船長正常一些。」

我冷哼了一聲，「船長鄒慧？別看他英氣逼人、滿臉正氣，而且做事一板一眼極有原則。其實這個人一點都不簡單。」

「你查過他？」妞妞眨巴著眼。

我點點頭，「自稱我朋友的M要我上船，我真的一點防備都沒有，那就真傻了。東方郵輪號的底細，以及所有船員，我都做了功課。妳口中最正常的船長先生，哼。

三年前的長江郵輪失蹤事件，記得嗎？」

「聽說過。據說有艘滿載上千人的頂級長江郵輪從重慶出發，但是卻再也沒有回來。全船一千一百三十人，最終救援隊只在武漢邊界找到了一個男子。那男子穿著救生衣，漂到了岸邊。至於長江郵輪去了哪兒，生還者聲稱自己失憶了……」說到這，妞妞一臉震驚：「難道……」

「沒錯。鄒慧就是失蹤的長江郵輪唯一的倖存者。」我一邊走一邊壓低聲音，「至今船也沒找到，所有人都不見了，唯獨他活著。這本身就很離奇。現在妳還覺得東方郵輪號的船長，是正常人嗎？」

妞妞拚命搖頭，「那混蛋居然一直保持滿臉的冷靜淡然，差點把我都給騙住了。哥哥，你說長江郵輪，會不會和我們的遭遇一樣。莫名其妙進入了陌生的長江水道後，就再也沒有開出去？」

「誰知道呢。」我嘆了口氣：「況且，這裡真的是長江的某一條水道？看這天，看這漫無邊際猶如大海般寬闊的陰森水域，地球上哪裡有相同的地方！」

妞妞也沉默了，她深以為然。

猶豫了一下，聰明的小蘿莉這才道：「北緯三十度。你說鄭曉彤姐姐感覺不到地球自轉，會不會和這裡是北緯三十度附近有關？」

我沒聽懂，「什麼意思？」

「哥哥，難道你沒聽說過嗎？據說地球北緯三十度附近，經常會出現神秘而詭異的自然現象。如美國的密西西比河、埃及的尼羅河、伊拉克的幼發拉底河、中國的長江等，均在北緯三十度，就連地球上最高的珠穆朗瑪峰和最深的西太平洋馬里亞納海溝，也都在北緯三十度附近。」妞妞一講到神秘事件就激動，「北緯三十度有許多奇妙的自然景觀，還存在著許多令人難以理解，甚至讓科學界困擾的怪異現象。」

我噗哧一聲笑了起來，妞妞果然還只是個小孩：「妳不會還準備提經典的地理悖論，長江斷流事件吧？」

所謂長江斷流事件，就發生在我們這次坐船旅行的長江中。

確實，長江的確在神秘無比的北緯三十度上。這條長達六千多公尺的巨大河流，歷史上曾有過兩次突然枯竭的紀錄，令人費解。

第一次發生在西元一三四二年，江蘇省泰興，千萬年從未斷流的長江水一夜之間忽然枯竭見底，次日沿岸居民紛紛下江底撿拾遺留物，突然江潮驟然而至，淹死了很多人。

第二次是一九五四年一月十三日下午四時許，這一奇怪現象在泰興縣再度出現。當時，天色蒼黃，江水突然出現枯竭斷流，江上的航輪擱淺，歷經兩個多小時，江水洶湧而下。至今，對於為何出現這樣的現象，科學界仍舊無解。

妞妞顯然很不滿我的態度，哼哼地道：「可是這兩次長江斷流，泰興縣中都曾經流傳出許多鄉野誌怪。大量的目擊者聲稱，在斷流長江的某一處，出現了一條看不到盡頭的支流。那裡的水漆黑無比，那裡的天空灰暗陰冷，猶如世界盡頭。哥哥你看，不正和我們現在所處的世界一模一樣嗎？」

我的臉色有些僵，「不過是鄉野誌怪。」

「哥哥，你就是喜歡嘴硬，怕別人比你聰明。」妞妞嘟著嘴巴抱怨。

我搖頭，「如果我們真的還在北緯三十度的長江支流中，鄭曉彤的病沒理由不發作。最有可能的是，這個地域不會受到地球自轉的影響。而且廣宇，他也曾提及，上了東方郵輪號後，自己就沒有再陷入無限循環當中。其實我更偏向於，是東方郵輪號這艘船，本身便已經出了問題。否則無法解釋兩人身上發生的事。」

正當我們爭論著各抒己見時，又聽見一聲尖叫，劃破了死氣沉沉的世界。

船在前進，船上的恐怖在蔓延。

東方郵輪號從死亡中，墜入了地獄！

第十二章 紙鬼抓人

留在東方郵輪號的十個人，每一個都不簡單，各有各的故事。包括妞妞，也包括我。

M用盡手段讓他們上船，或許看中的就是這些人背後隱藏的東西。沒有人是乾淨的，或多或少，都藏著骯髒。

看起來傻氣甜美的鄭曉彤、正直的鄒慧、齷齪的豬哥、宅男、女性化的高中生。還有一死一活的大學畢業生情侶。

或者他們，統統都不乾淨！

我衝到了傳來尖叫的位置，依然是一樓甲板，仍舊是船尾。發出尖叫的是女性，而船上能夠稱為女性的人就只剩一個——鄭曉彤。

果不其然，鄭曉彤臉色煞白的站在船尾販賣部的後邊，周圍已經來了好幾個人。

「居然是豬哥！」周老爺子捋了捋鬍鬚，神色複雜。

我很快就明白了這沒頭沒尾的話具體指的是什麼。只見一個小個子男人躺在甲板狹小的牆根下，位置很隱秘，如果不仔細搜索根本看不到。男子一動也不動，顯然早沒了氣息。他的身上甚至還微微散發著惡臭。

我將男子的屍體翻過來，這人確實是豬哥。這個齷齪的小偷臨死前還緊緊拽著裝滿值錢財物的背包不放。

我蹲下身檢查屍體。

豬哥死得很突然，甚至從臉上都看不出大難臨頭前的表情。他全身沒有傷口，致命傷在頭部。當我抬起豬哥的腦袋時，後腦勺流出許多紅紅白白的液體，腥臭味頓時滿溢。

「好臭。」周圍的人紛紛噁心的用手搧鼻子。

一個針眼般的洞赫然出現在豬哥的後腦位置，他的腦子似乎被兇器攪成了稀泥，竟然一碰就流了出來。雪白的腦漿伴隨紅色的血，滴得滿甲板都是。

「死亡原因和張瑩一樣。」我的臉色鐵青，嘴唇都在抖：「就連用的兇器都一樣。顯然是同一個兇手所為。」

死了女友後憤怒瘋狂的宋營圓瞪雙眼：「所以說殺了我女友的兇手，另有其人？」

我點頭，「豬哥的死亡時間在張瑩之前，他絕對不是兇手。」

「那兇手究竟是誰？」他狠狠地看著我。

我苦笑，沒有接口。是啊，張瑩死亡時最大的嫌疑人豬哥死了，甚至還比張瑩早死。兇手，又會是誰呢？明明每個人都有不在場證明。

難道，自己從一開始就想錯了？

妞妞膽子大，這小蘿莉一眨不眨地看著豬哥後腦勺上的洞，竟然像是發現了什麼不好的東西般，突然神色大驚。

「哥哥，有沒有可能兇手用的武器有好幾種？」她突然小聲問我。

我搖頭，「可能性不大，畢竟這種比外科手術還精準的阻斷大腦神經殺人的方法，沒有天分練不起來。有天分的人，如果不是經年累月的練習也做不到。光是熟悉一把武器就夠嗆了，沒有誰有精力去練習多餘的武器，也沒必要。」

妞妞皺緊了小眉，「可是你看豬哥頭上的洞，似乎比張瑩姐姐腦袋上的小一些。是我的錯覺，還是兇手用的武器，變大了？」

她的話音剛落，我整個人都呆了。仔細回憶片刻後，自己驚覺，妞妞的話並沒有錯。可用來殺人的兇器，真的在變大嗎？

這時，站在不遠處的周老頭，腦袋偏向了船外：「紙船，紙船又出現了！」

東方郵輪號的前方，再次漂來了許多紙船。我沒有猶豫，用繩網將其中一艘打撈上來，仍舊是和前兩艘一模一樣的紙船，就連畫上船艙的顏料，都是同一種。

不同的是，畫在船艙中的人，又少了一個。

紙船中僅剩下五個紙人，以及三個畫人。

「這些怪異的紙船，簡直就是在預告，東方郵輪號上會有多少人死掉。」我的喉嚨沙啞，連說話都變得艱難。

一切的一切，實在是越發的難以解釋。放紙船的人究竟在哪兒，他這麼做的目的到底是什麼？

眾人緊張兮兮地回到駕駛艙。每個人都心裡惶然，彷彿空蕩蕩的甲板上處處危機。陰險的死亡之手隨時會伸出來奪取自己的命。

「豬哥死了。」我言簡意賅地替留在駕駛艙的鄒慧等人說明了情況。

所有人頓時啞然。

「你的意思是，殺死豬哥的人，同樣殺掉了張瑩？可我們全都有不在場證明啊。」鄒慧不解道。

鄭曉彤背靠在牆壁上，突然說：「你們覺得有沒有可能，說不定船上不只我們十個，還有第十一人？那個人潛伏在船中，避開了我們的搜索。暗地裡，基於某種理由，想要將我們全部殺掉。」

女孩的想法合情合理，也幫剩下的人開拓了思路。

周老頭連連附和，「不錯，極有可能。那個叫M的神秘傢伙，既然費盡心思用盡手段將我們十人騙上船。說不定正是他躲在船中，甚至連我們進入這片神秘水域，都是他搞的鬼。」

大家越討論越覺得可能性極大。

只有我跟妞妞沒有開口。

周老頭作為老人，自然熟知人情世故，極為圓滑，他建議道：「要不，我們再把整艘船重新搜索一次？如果真躲著那個M，務必把他給拽出來。否則，咱們所有人都逃不脫他的毒手。」

「我贊成！」鄒慧深以為然，他從船長室拿出東方郵輪號的結構圖，「這是郵輪的地圖，所有船艙都標明了。大家用手機照一張，然後各自規劃一條最好的搜索方向。船上如有人，肯定能找到。到時候我們逼著他將離開這個水域的方法說出來！」

漫無邊際的長江神秘支流，在這毫無衡量時間工具的鬼地方，我們早已經迷失在時間中。鬼知道已經在船上待了多久了，饑餓感只能強忍。所有人都隱隱有個預感，光靠自己恐怕是找不到岸的。

不另想出路，就只能等著餓死。

大家圍著郵輪的結構圖討論不休，就連宅男吳鈞和不善言辭的廣宇都加入了。攸關性命，人人自然積極，如果無法逃出去，等待的只有死這個結果。

最終我們剩下的八人分成了三組。宅男要守著自己的箱子，便和船長鄒慧在一起。船長主要留在船艙中，一邊開船，一邊觀察水域前方紙船漂來的方位，看究竟有沒有人煙，或者其他的隱藏起來的船。

妞妞和我以及周老頭一組，搜索除二樓以上的所有房間。

第三組是鄭曉彤帶隊，加上宋營、廣宇，他們負責排除一樓甲板以及甲板下一樓的船員倉、引擎室。

安排好後，大家各自出發。臨走前，我朝吳鈞打了個眼色，示意他注意鄒慧的動靜，這才離開。

死寂的東方郵輪號，哪怕是行駛在水面，也絲毫感覺不到顛簸。在這片死水中，了無生機，如果不是能感覺到自己的心跳、自己的脈搏還有呼吸的話，我甚至都會以為，自己也早已經死掉了。

一邊朝上方搜索，我一邊在大腦中不停地思考。三個人相對安靜了好一會兒後，我轉過腦袋，看向認真查找船艙的周老頭。

「周老爺子，還記得前些天，你看到紙船時說過的一句話嗎？」我停住了腳，認真地問：「紙船流盡，紙鬼抓人。到底是什麼意思？你究竟知道些什麼？」

周老頭身體一震，苦笑道：「小娃兒，你好奇心太重了。有些事情知道多了，不好。」

「但我總覺得，對於眼下的情況，你知道些內情。」

周老頭深深嘆了口氣，似乎並不願意回憶當初的經歷：「紙船流盡，紙鬼抓人。有多少個紙鬼，就會死多少個人。當年我在錢家溝插隊時，就因為這紙船，全村人都死光了。唯獨我一個外人活了下來。」

「當時發生了什麼？」我瞇起眼睛。

周老爺子緩緩地搖了搖腦袋，「至今，我也搞不太明白。我只知道，從長江上游漂下來了無數紙紮船，每艘紙紮船上都密密麻麻的擺著紙紮人。錢家溝上上下下兩百多口人，一夜之間，就全沒了。第二天一早，我只看到一村子的屍體。」

「公安來調查，發現所有村民都是一擊致命，致命傷都在後腦勺上。」他指了指腦後，老臉壓抑不住害怕：「腦後，有一個洞。」

「和張瑩以及豬哥腦袋後邊的洞一樣？」妞妞神色大變。

周老爺子的臉色同樣不好看，他的語氣都在發抖：「沒錯。不光是一樣，不知你們發覺沒。那個洞在變大。兇手殺人是有先後順序的，每殺一個人，下一個死者後腦殼的洞就微不可查的大一些。當他殺死錢家村的最後一個人時，我還記得，那個人就是村長。村長的整個後腦骨都沒有了，沒了！只剩碗口大的洞，以及豆花般的腦髓。恐怖得很。」

我渾身一震，幾十年前發生在錢家村的血案，果然和現在東方郵輪號上的兇殺案極為相似。紙船、紙紮人、腦後的洞，和變大的兇器！

兇手，真的是那個神秘的M嗎？是他在三十多年前殺光了錢家村的人後，又將我們十人誘騙到東方郵輪號，為的是達到某種目標？

可那個M明明一直在提醒我有危險。但是這個神秘的傢伙，引誘周老爺子等八人上船也是事實。該死，頭被這亂麻般的關係搞得快要抽筋了！

周老頭沒有繼續講自己的故事，他的話點到為止，之後便再次認真地在前邊搜索。妞妞暗中對我打了個眼色：「哥哥，老爺爺的話似乎有真有假。」

「妳也發現了？」我點頭。周老頭的故事中確實疑點不少。

小蘿莉有些猶豫，「哥哥，你真的認為，船上除我們十個人之外，還有第十一個人嗎？那個M，真的藏在船上？」

我愣了愣，緩慢地搖頭，「M不是第十一個人。船上也不可能有第十一個人。如果M真的在的話，他必然在我們身邊。」

妞妞大驚失色，「你的意思是，剩下的八人中有一個就是M？誰，他是誰？」

「我也不清楚。但我有個直覺。M肯定在！」我一個字一個字的從嘴唇裡吐出話來。扣掉自己和妞妞，剩下的六人，每一個都有可能是M。

「但是M為什麼要殺人？張瑩死時，明明所有人都有不在場證明。」妞妞的小腦袋有些轉不過來。

我淡淡道：「我什麼時候說過M是兇手？」

「他不是兇手？」妞妞震驚道：「如果兇手不是他，又會是誰？」

「這就是我最頭痛的地方。從各種線索分析，兇手極有可能是除了船上所有人外的其他人，而又不應該是M的傢伙。」我有些自我矛盾：「所有我才要藉著搜索船來瞅瞅船上到底有沒有什麼異常的地方。」

和妞妞的對話到這裡便結束了，我們三人將二樓以上的房間找了個遍，卻什麼都沒有發現。其他人的進度，大概也不樂觀。

幾個小時後，所有人又再次集中在了駕駛艙內，每個人都面容沮喪、枯槁。

第三組的鄭曉彤那隊更是慘不忍睹，因為宋營沒有再回來，死在引擎室。他的屍體上沒有任何傷痕，鄭曉彤和廣宇眼睜睜看著他突然倒下，在地上發瘋地抽搐了幾下後，就沒了動靜。

致命傷是後腦勺的一個洞，與另外兩人的死因幾乎一致。

宋營腦殼上的洞，顯然又大了些。這種明顯的變化，哪怕是傻氣甜美的鄭曉彤也發現了。她恐慌不已，至今都蜷縮在牆角發抖。

「我沒看到兇手，我根本沒看到兇手！」女孩錯亂地不停自言自語。

周老頭的表情更誇張，他看著三人屍體腦殼上的洞，情緒幾乎要崩潰了：「紙鬼抓人，肯定是紙鬼抓人！」

「紙鬼抓人，老頭，你這話究竟是什麼意思？」不愛說話的廣宇被這老頭煩到不行。

「老頭子在錢家村時，就遇到過同樣的紙船紙鬼。待了很久後，我才知道，長江岸邊的錢家村屬於五斗米教的分支——鬼教的發源地之一。那個村子裡的每個人多多少少都會些法術。」周老頭見實在瞞不下去了，準備實話實說：「因為不會法術不行，萬里長江上討生活是件非常危險的事。

「因為長江上怪事太多。特別是錢家村周圍的江岸，不會法術的人，通常活不久。因為鬼教的另一個流派陰教，是錢家村人的死對頭。他們的法術邪惡無比，異常歹毒。這紙船紙鬼，就是陰教的看家本領之一。紙船和紙鬼都是詛咒。」周老頭巍巍顫顫地走到駕駛艙的中間。

「你們都好奇，撈了江水裡的紙船，對吧？有沒有發現，紙船裡有十個人？有沒有想過，為什麼這十個人中，五個人是紙鬼，而五個人是畫人？

「紙船流盡，紙鬼抓人。有多少紙鬼，就會死多少人。咳咳，我說的這話，可不是聳人聽聞。」周老頭乾笑了兩聲，「我想你們都猜到了吧，紙船中的十個人代表的就是我們。我們陷入了陰教的法術中，根本逃不掉。甚至可能永遠也離不開這片水域。除非將作法的人找出來，殺掉！

「在殺死他之前，死亡無法停止。為什麼有紙鬼，為什麼有畫人？三十多年前，錢家村被屠村那晚，畫人都被紙鬼殺了。而當畫人被紙鬼殺光，紙鬼自己也會死掉。這就是陰教法術最可怕的生死劫，沒有人活得了。」

周老頭緩慢地將他知道的東西說了出來，我們都聽愣了，一時間反應不過來。

「紙鬼是誰，畫人是誰？我想凡是撈到紙船的都清楚得很。你們！」他指著我、妞妞、廣宇、宅男吳鈞以及鄭曉彤：「你們都是紙鬼，而畫人已經被你們殺死了三個，只剩下老頭子我跟鄒慧了。」

鄭曉彤一臉無辜，急忙道：「我們可沒殺過人。」

「有沒有殺人我不知道，總之船上根本就沒有第十一人。兇手就在我們之中！」周老頭冷哼一聲，「陰教中，作法者通常都會先殺一個紙鬼，然後混入紙鬼的行列中。只要將你們殺光，作法的傢伙也會死掉。我和船長就得救了！」

廣宇撇撇嘴，「無稽之談。」

「我們有五個人，就算你的故事是真的。你們也只有兩個。怎麼殺我們？」宅男吳鈞不看時機的吐槽道：「何況，什麼鬼教陰教。你當我們都是白癡啊，破四舊了知不知道，陳年老迷信。」

一直在開船的船長鄒慧突然轉過身，他的手裡不知何時握著一把手槍，黑洞洞的槍口對準了我們，「我也不是很信周老爺子的話，但是他最終說服了我。」

這兩個傢伙，竟然在我們不知情的狀況下，勾搭上了。

「我不會殺人，但是會讓各位先委屈一下。紙船，紙鬼……」鄒慧一臉複雜，似乎想起了什麼糟糕的經歷，「我想大家都隔開冷靜一點比較好。」

最後，我們五人被反鎖在駕駛室旁的船艙中。

第十三章 眼中的怪物

「夜不語先生，周老頭說的話到底有多少可信度？」廣宇對我猶如百科全書的知識很佩服，苦著臉問。

「鬼知道。有真有假吧。」我瞇著眼睛：「不過這個周老頭，恐怕才是整艘船最可怕的人。」

船艙中的人都是一愣。

「他就是兇手？」吳鈞問。

我沒有點頭也沒有搖頭：「或許兇手不是他，但絕對和他脫不了關係。你們有沒有注意過他右眼上的眼罩？」

所有人全都點頭。

「戴眼罩一般都是因為眼睛出了問題，有一邊瞎了。可周老頭的眼罩不一樣，他根本就沒有單邊瞎特有的表情和模樣，正常得很。」說到這裡，我頓了頓：「最重要的是，上東方郵輪號前，這個老頭因為戴著眼罩太顯眼了，所以我特意多看了他幾眼。周老頭當時的眼罩，是戴在左眼上的，根本不是右眼！」

大家被我的話嚇到了。

「周老頭不是有一邊的眼睛有問題？」廣宇艱難地說：「那他戴眼罩幹嘛？」

妞妞撇撇嘴，「自然是為了隱藏眼罩下藏著的東西！」

就在我們討論的時候，本來緊鎖著的門突然發出了「吱呀」的聲音，接著就敞開了……

門外空蕩蕩的，誰也不在，只有一絲血跡，從遠處一直延伸到轉角！

我們五人直愣愣地盯著那灘散發著不祥的血液，是誰開的門，門口是誰的血？周老頭還是鄒慧？

一時間，竟然沒有一個人，敢率先踏出去。

東方郵輪號在灰暗的天空中繼續行駛，彷彿會一直開往死亡盡頭！

「待在這裡也沒用，要動手的話，他們早殺了我們。」我緊張地嚥了口唾液，小心地往前走出去。腳跨出房門，四周沒有動靜。

這下，我才稍微安心些，整個人鑽出了船艙。

船艙的通道狹窄，由於平常只是給駕駛室的人臨時休息用，所以通道更像是一條彎曲的隧道。

我們一行人，順著血滴落的方向悄悄地走。沒過多久，便在船長室看到了一具屍體。

「是周老頭！」廣宇大吃一驚。

本以為最有可能是兇手的周老頭，怎麼死了？是鄒慧下的毒手？

我和妞妞同樣大吃一驚，吳鈞哪裡顧得上死人，他瞅著自己放在駕駛艙中的大箱子，用力抱住，再也沒有撒手。

「妞妞，小心四周。」我要妞妞小心，自己緩緩地蹲到周老頭屍體前。老頭的眼罩好好的掛在右眼上，我正準備將那眼罩取下來，只聽見門外傳來了一陣瘋了般的尖叫。

「住手。那個傢伙是怪物，不是人。他殺了所有人，還準備殺我。」鄒慧從外邊拚命跑進來，想要阻止我：「他眼罩下邊有個恐怖的……」

話音未落，周老頭掛在右眼上的眼罩居然詭異地彈了起來，彷彿有東西從眼睛裡跑出，在空氣中劃出一條線，直接穿透了鄒慧的腦部。

船長的動作凝固在時間裡，他瞪大眼睛，只不過兩個呼吸間，就轟然倒在地上。死了！

「怎麼回事？」我臉色發青，究竟是什麼東西殺了他？

顯然周老頭眼罩下的生物已經離開了。只留下鄒慧死亡後，後腦勺那個細小的洞。和張瑩，豬哥等人死去時，一模一樣的傷口。只不過這傷口明顯又大了一些。

「兇手，居然不是人，而是其他的什麼怪東西。」妞妞瞠目結舌，就連說話都嚇到打結：「那到底是什麼生物？」

「不知道。」我的喉嚨乾澀，接著要所有人都就近找些金屬物品，儘量把腦袋擋住。有用沒有用不清楚，但是聊勝於無。畢竟那東西似乎喜歡攻擊人的大腦。

自己不敢用手接觸怪物冒出來的地方，乾脆拿棍子將周老頭的眼罩撥開。頓時，所有人都倒吸了一口涼氣。

周老頭的右眼，太可怖了。猶如一個巢穴，眼珠子和眼眶都被吃得乾淨，露出了巨大的窟窿。窟窿裡密密麻麻的結滿了蜘蛛絲般晶瑩的絮狀物。吃大腦的生物就住在這兒，而且，它似乎因為營養不錯，已經越變越大了。

這也是後攻擊者大腦創傷口變大的原因。

我如被雷擊般，一動也沒法動，只是死死地盯著周老頭右眼的巢穴看個不停。和怪蟲有關的人，用膝蓋想都覺得與雅心的勢力有關，又是雅心等人在作怪？不對啊，那個M又算怎麼回事？他們是一夥的？

不對。還是不對。直覺告訴我，神秘的M，或許對雅心等人有著敵意。

「哥哥，哥哥。」妞妞打斷了我的思緒。

「它回來了？」我一驚。

小蘿莉搖頭，表情複雜：「剛剛鄭曉彤姐姐發了瘋似地追著那怪蟲子出去，不知道跑到哪兒了。而且，我在周老頭的身上，發現了一封信。是給你的。」

「鄭曉彤跑了？信？什麼信？」我愣了愣，從妞妞手裡將信拿來，只見上邊用熟悉的筆跡寫著幾個字：

「夜不語先生：

見信如見人。證明您沒有讓我失望，活了下來。長江的陰教是你的老對頭雅心的大本營之一，那裡數千年來都用秘法養育著一隻四維原蟲。原蟲一直在休眠，但每每它醒來，長江流域就會發生壞事。

四維原蟲從三十年前就附身在周老頭的身上，他也是雅心勢力的成員。而東方郵輪號被原蟲攻擊了，放心，我給了你的守護女足夠的線索。

而且如果你再找不到出去的辦法。船上所有人，包括你，都會死。

因為四維原蟲，我笑納了。

你的朋友——M」

信看完，我整個人都毛骨悚然起來。那個M居然利用我。雅心的勢力費盡心力餵養所謂的四維原蟲，他們利用周老頭將蟲帶上船，肯定沒安什麼好心。但是M也不是個好貨色，這片水域或許就是四維原蟲的能力。

利用我，M擋住了雅心的勢力。所以雅心放紙船紙人和東方郵輪號的周老頭聯絡。不過，他說我有危險是怎麼回事？

我猛一抬頭才發現，原本灰敗的天空，居然產生了絲絲裂縫。該死，空間，在崩潰！

「四維原蟲，四維原蟲是怎麼回事？還有那天空？」天空詭異恐怖的景象，吸引了妞妞等人的注意。就連不說話的廣宇都震驚了。

我一邊觀察，一邊回答：「四維原蟲，顧名思義，應該是一隻活在四維的蟲子。」天空在崩塌，情況不樂觀。糟糕，該怎麼逃出去，M真是太高估我了。我到現在一點頭緒也沒有。

「這個宇宙在現有的科學中，據說有十一個維度，每一個維度都不同。人類在第三維。」我在大腦中死命地搜索逃生的辦法：「所以很難想像，其他的維度究竟是什麼模樣，有什麼。」

「四維和三維就差了一個維度，那什麼四維蟲子，就那麼可怕嗎？」廣宇很難理解。

「確實挺可怕的，因為高一個維度，哪怕是蟲子，說不定跌落下一個維度後，都能成為那個世界的神。」我儘量想說清楚：「舉個例子吧，現有的物理學家也無法得知除了三維外的世界的構成，只能推測。用體積推測。

「例如邊長為兩公分的正方形是二維，其面積是兩公分乘兩公分，四平方公分。而邊長為兩公分的立方體就是三維的，其體積兩公分乘兩公分乘兩公分，八立方公分。以此類推，四維空間中的超立方體，其『體積』為十六立方公分。多一個維度，就多了一個軸。」

講述到這裡，自己突然有了些方向，「一維的超弦空間中隱藏的維度彎曲得很小，所以咱們看不見。就像地毯，走在上面，人只能看見二維，即長和寬，但如果把地毯拿到放大鏡下看，才發現還有組成地毯的絨線彎曲起來的那一維。

「這一維，我們走在地毯上的人感覺不到，但藏在地毯縫裡的跳蚤卻能感覺到。正因為多了這一維，跳蚤才能躲進去，讓我們這些只能看見『長』和『寬』這兩個『維度』的人看不見牠們。四維蟲子，比我們多的那一維，應該就是能操控時間。

「維度越低的空間體積越小，維度越高的空間體積越大嗎？對於四維蟲子，如果它真的存在，而且還比我們更小的話。可能是它跌落到三維的時間太久，能量不足以維持體型了。畢竟科學界有過猜測，四維的東西，哪怕是蟎蟲，都大如房屋。只是三維的人沒有辦法看到時間，所以哪怕牠在你眼皮子底下，也看不清楚。」

宅男吳鈞彈了彈舌頭：「這麼說，那所謂的四維原蟲，就是四維世界蟎蟲一樣的存在。跑到三維就變得很厲害了？」

「蟎蟲？」我哼了一聲：「你太看得起牠了。四維的蟎蟲，降臨到地球。地球早就被牠擠爆壓扁了。光是引力，都會令地球崩潰。原蟲，顧名思義，是某種比蟎蟲小無數倍的原生類生物。」

廣宇打斷了我們的對話，他焦急地看著彷彿要塌下來，破裂的天空：「別講有的沒的了，趕緊想辦法逃出去。」

我摸著下巴，腦袋中靈光一閃：「吳鈞，你是真有女友，不是幻想出來的？你女友真的走進了電視中？」

宅男瞪了我一眼：「老子沒騙你。」

「那就好辦了。」我又望向了小蘿莉：「妞妞，把妳的行李交出來。」

小蘿莉縮了縮脖子：「我行李裡什麼也沒有。」

「甭騙我了，一個小女孩家哪有那麼多的行李，真以為我什麼都不看嗎。妳量子糾纏結界的設備，是不是在行李裡？」我嚴肅地說道。

妞妞臉紅，「壞哥哥，偷看人家的東西。」

「夜不語先生，你真的有辦法救我們？」宅男問。

我點頭，「如果M沒有騙我，那麼我的守護女肯定在某個地方等著。只要有辦法跟她聯絡，一切都會迎刃而解。」

妞妞揮舞著小拳頭，「沒錯，夢月姐姐可比夜不語哥哥可靠多了。」

「這片水域，應該是四維蟲子吐出來的特殊領域。看起來無邊無際，實際上，是我們變小了。因為我們受到了牠的降維攻擊。從三維跌落到二維世界。你看那天，那黑漆漆的水，就是證明。」我舔了舔嘴唇。

天空猶如一張貼上去的紙，現在已經佈滿了裂痕。玻璃破碎了，裡邊的世界也就碎了。時間，真的不多了。二維平面裂開，我們便會隨著空間的崩塌而死。

活下去是一種動力，剩下的人用最快的速度，將妞妞帶來的量子設備和宅男吳鈞的電視連接在一起。

「本來，普通情況下，二維和三維是無法連通的。但你的電視曾經受過降維攻擊，而量子又是唯一一種可以穿越的物質，兩相結合，在這個破裂的二維世界中，或許管用。」我憂心忡忡地不停打量天空。

平靜的水，似乎也沒那麼黑了。這可不是什麼好兆頭。

妞妞的手飛快地在鍵盤上舞動，測試了好幾次，按我的要求寫了程式後。突然電視畫面一跳，一身白衣如雪的絕麗面容，躍然眼前。

「主人！」眼神焦急的女子正不知所措，突然低頭看到了我，古井無波的臉波動了一下。

「喲，夢月。好久不見。」我苦笑，她的臉色可有些不善：「我在什麼地方？」

「一個，浴缸，中。」守護女瞪著我：「為什麼，不帶我，去？」

「我是怕妳有危險。」我訕訕道。M的信中明確提及守護女有危險。

守護女認真地望著我。冰冷的臉，更冷了。

「夜不語，先生，你搞錯了，一件事。」

先生，她居然叫我先生。我額頭上冒出了一滴冷汗。麻煩了，三無女一定是因為我撇開她行動早已心存不滿。

「我是你的，守護女，我總是會，守護著，你的。我不需要你，保護。因為沒，必要。因為哪怕，我，支離破碎，哪怕，殘破，不全。哪怕只剩下，最後一個，細胞，我總是會，守在，你身邊的。」

「妳想幹什麼，我們可是隔著空間壁。三維和二維懂不懂，降維攻擊，懂不懂？」

我的喉嚨動了動，剛想說話，又被打斷。

「主人，我不懂，什麼叫，降維攻擊。我不懂，什麼是，空間壁。可無論，我們之間，隔著的是，空間還是，時間。就算隔著，無數個，宇宙。我都會，到你身旁去。不過是跨越，一個，維度而已。放心，主人！

「我來了！」

電視中，一身白衣白裙的守護女說著話。她面無表情，身若寒星，整個人都透出無法言喻的堅毅。

不善言辭的她說了有生命以來最長的句子。

浴缸裡的水，就如同一面鏡子。死水的寂靜，倒映著廁所裡那絕麗的女子。她輕飄飄地看著那些水，看著水面上浮現出的東方郵輪號以及我。

她的視線裡，從未有過別人，只有我。

在那一瞬間，我甚至有一種錯覺。空間牆壁算什麼，在守護女蠻橫不講理的蠻力面前，一切都不是障礙。或許雅心的勢力，想要得到的就是這種不講理的蠻力。

沒有任何道理可講，沒有任何物理法則可以阻擋。哪怕是宇宙的擴張，也阻止不了那白衣如雪的絕麗女孩的拳頭。

阻止不了，她要回到自己主人身旁的決心。

守護女抬起了拳頭，一拳擊打在水面。水花四濺，郵輪的船影浮現在每一滴飛起的水珠上。

李夢月輕輕皺眉，再次一拳擊出。

女孩的力量源於對自己主人的守護，她的力量，就是宇宙的唯心論。只要相信，只需要相信……

那麼，她的拳頭，就會成為物理法則。

夜家的守護女，從未平庸過。而屬於我的守護女，更是從未令我失望。

廣宇和宅男吳鈞瞪大了眼：「夜兄，不，我叫你哥。夜哥，你家妹子好厲害！太厲害了，從哪裡撿回來的？我也想去撿一個。」

在李夢月一拳一拳，不著人間煙火的拳頭中，妞妞也金光大冒，一臉敬仰的小星星：「哥哥，夢月姐姐好酷。和這樣的女人搶男人，妞妞壓力好大。」

如此緊張的時刻小蘿莉還不忘搞笑，不愧是腹黑小屁孩。

守護女的拳，打破了水面。她的手，一拳頭一拳頭打在空間之上，鮮血淋淋。殷紅的血，流了下來，和浴缸中的水混在一起。電視螢幕中，那觸目驚心的紅，看得人心痛。

「快停下，我們再想辦法。」我莫名有些心痛：「會有辦法的，總會有辦法的。

倉庫，我記得倉庫裡有一件神奇的物品，能夠刺破空間壁。」

「這是，唯一的，辦法！」守護女隔著薄薄的電視螢幕，對我說：「倉庫太遠，來不及了。」

確實，時間來不及了。空間在不停地收縮，浴缸中浮現的東方郵輪號虛影，也在不斷地消失。猶如拼圖，在崩潰瓦解。

「主人，你要，相信我！」李夢月的手幾乎已經半殘廢，甚至連出拳的姿勢，都不再自然。可這堅強的女孩似乎什麼也感覺不到，只是，出拳，攻擊，想要擊碎隔著我跟她的空間。

我的眼睛濕潤了，沒再阻攔：「我相信妳！」

守護女露出了絕世笑顏，她那雙看起來就很痛的，慘不忍睹的手一片血肉模糊。被雅心的勢力取走了身體內某個東西的她，其實早已經沒了從前的驚人蠻力。只剩下毅力，憑著毅力，她苦撐著。

「我相信妳！」我嘶吼著，用盡全力，說出了這四個字。

李夢月笑得更開心了，「不要忘記，我不會忘記。永遠也不會忘，這句話。」

守護女用殘破的手，重重的一擊。

原蟲結繭的空間壁，竟然真的破了……

尾聲

罪惡郵輪，代表著七宗原罪。傲慢、嫉妒、暴怒、懶惰、貪婪、饕餮、欲望。我查了很久，才發現，這根本就代表著，M騙上東方郵輪號的七個人。

我到現在還搞不懂，M到底是男是女，是敵是友，真實身分又是什麼。

因為我完全沒有頭緒，而M的做法，也頗亦正亦邪。我只知道，他確實是對的。他讓我上了郵輪，也阻止了雅心的勢力將四維空間中的某一種原蟲培養長大。

M用七宗原罪作為餌料，把東方郵輪號當作培養皿，為的是養蟲。

七人裡，傲慢的鄒慧、懶惰的吳鈞、饕餮的張瑩、嫉妒的宋營、貪婪的豬哥、暴怒的廣宇、欲望的周老爺子。每一個人，都是原蟲最上等的餌料。

我們整船人，都被原蟲攻擊。三百七十一人失蹤，東方郵輪號消失，被拖入二維空間。這些，都是原蟲搞的鬼。

作為四維的生物，三維空間的人，根本搞不清楚牠究竟有多可怕。

除了自己、妞妞和鄭曉彤是多餘的人外。其餘七人，全都各自代表著一種原罪，他們各有各的故事。甚至自己得救都該歸因於M將守護女一步一步引到了正確的地方。

最終，只有廣宇以及宅男活了下來。鄭曉彤失蹤了，我沒找到她，甚至在現實世界裡，也找不到她曾經存在的痕跡。她沒有上船的船票、她沒有身分資料、她有著和妞妞的小姨時悅穎相同的模樣。她不請自來，她究竟是誰？

難道鄭曉彤是M假扮的？

我沒有頭緒。

廢柴吳鈞的電視由於聯通過二維以及三維的世界，據說擁有了某種特殊能力。宅男正在利用它尋找有可能仍舊留在二次元的女友。

M的目的不明，但是他絕對收穫不小。隨著四維原蟲製造出的二維與三維之間的空間壁破裂，李夢月重創的還有原蟲的真身。

但是，這一切都已經不重要了。

我沒有心情去調查M是不是得到了原蟲，是否在雅心的勢力手裡撿了便宜，我也不想再去調查這件事背後的真相。

我管不了那麼多。

因為我明白了守護女為什麼在打破空間壁前的一秒鐘，笑豔如花、風姿絕麗，她說：「不要忘記，我不會忘記。永遠也不會忘，這句話。」

她說，讓我相信她。

是的，我相信她了。但是卻，已經晚了……

打破空間壁的李夢月手骨破裂，隨之一起破裂的，還有她的意識。守護女沒有再醒過來。我揹著她，回到了夜家。

我終於知道了，雅心勢力費盡心機、圖窮匕見，想要從她身上得到的究竟是什麼東西了。

二十多年來，一直都是她在默默守護我。

這個白衣如雪的女子，忠貞不渝地永遠在等我，用生命陪在我身旁。

這一次

輪到我來

保護她！

The End

後記

《夜不語詭秘檔案》第七部結束了，當我敲完最後幾個字的時候，居然有一種虛脫的感覺。大家或許也會覺得，第七部不同於夜不語系列的前面六部，因為這一部每一集故事的關聯性更強一些。

如果非要說的話，我的解釋是，嘗試了新的寫法。但事實，實事求是地說，主要是因為，第七部太命運多舛了。

繁體版的出版社換了，簡體版的出版社也換了。我有了餃子，生兒育女對新手父親的我而言，實在是從未有過的手忙腳亂。

所有的事請，似乎都集中在這兩三年。所有的事。

我疲於應對，每天失眠。好的不好的，難受的不難受的，全都只能一個人扛著，扛得很辛苦。

終於到了寫完706了，彷彿這個系列的近況，也越來越好了。簡繁體的兩家新出版社磨合得都不錯，陸續也在談廣播劇和影視劇的事宜。

更重要的是，餃子去上幼兒園了。

我鬆了一口氣，覺得天都變藍了許多。

從前在書裡總是喜歡談及認識。當初的我覺得人生應該是玫瑰的紅色，也應該是天空的藍色。但實際上真的等你遇到了波折的時候，你會覺得人生其實充滿了森森惡意，那股冷入脊髓的惡意，隨時都能給你致命一擊。

因為從來災難，都不會只有一個。如同一個正常人體檢時，最初只是血糖高，之後發現肝臟出了問題，再檢查已經成了癌症末期。

命運很像惡作劇的小孩，它的惡作劇會像海浪一般，毫不停歇地將你摧毀。唯有意志堅強者，才能撐下來。

人生，永遠比恐怖小說，更加的恐怖。

我撐了三年，事業，家庭，嬰兒寶寶。我堅強努力地撐下去。終於撐到了撥開雲霧見日出，《夜不語詭秘檔案》系列得以繼續出版，我得以繼續寫作，才有大家手中捧著的這本書。

恍然間，這個系列已經寫了快六十本了。十五年的歲月，漫長到我都無法想像。

終究還是有好消息的。或許大家也已經知道了。

夜不語系列的正版廣播劇正在製作。而這個系列也將影視化，拍攝成二十部大電影，以及一部長達六十多集的網路劇。

我很慶幸自己在最艱難的時刻，仍舊堅持著寫作這一行極為艱難的愛好。影視化，無疑也是對我，對各位讀者堅持不懈的努力支持的認可。

能走到今天這一步，沒有各位可愛的讀者的支持，我根本撐不下來。日子在一天一天的變好，陰影也離我越來越遠。《夜不語詭秘檔案》從一開始的小眾讀物，變得為更大的群體所接受。這是十五年前的我，甚至幾年前的自己，都根本不敢想像的。

謝謝大家！

真的要謝謝大家。

我會繼續寫下去，一邊寫一邊守護著自己的小蘿莉長大，等她識字了，再當個無良父親，逼她看我的小說。

我會繼續將這個系列寫下去……

第八部，會回到比較鬆散的敘事結構。那麼我們第八部，再嘮叨咯。

夜不語

夜不語作品 09

夜不語詭秘檔案 706：罪惡郵輪

國家圖書館出版品預行編目資料

夜不語詭秘檔案706：罪惡郵輪 ／ 夜不語 著.
一 初版. 一 臺北市：春天出版國際， 2016.05
面； 公分. 一（夜不語作品；09）
ISBN 978-986-5607-36-4（平裝）
857.7 105007282

ISBN 978-986-5607-36-4
Printed in Taiwan

作者 夜不語
封面繪圖 Kanariya
總編輯 莊宜勳
主編 鍾靈
美術設計 三石設計

出版者 春天出版國際文化有限公司
地址 台北市信義區信義路四段458號3樓
電話 02-7718-0898
傳真 02-7718-2388
E-mail story@bookspring.com.tw
網址 http://www.bookspring.com.tw
部落格 http://blog.pixnet.net/bookspring
郵政帳號 19705538
戶名 春天出版國際文化有限公司
法律顧問 蕭顯忠律師事務所
出版日期 二〇一六年五月初版
定價 170元

總經銷 楨德圖書事業有限公司
地址 新北市新店區寶興路45巷6弄6號5樓
電話 02-8919-3186
傳真 02-8914-5524